GOLYGYDD Y GYFRES: BEDWYR LEWIS JONES

LLENYDDIAETH Y CYMRY
CYFLWYNIAD DARLUNIADOL

CYFROL II

O tua 1530 i tua 1880

gan

R. GERAINT GRUFFYDD

GWASG GOMER
1989

Cyflwynir y gyfrol hon i

BRINLEY a JOAN REES

'Dau gyfaill deg a gefais'

GAIR O EGLURHAD A DIOLCH

Ysgrifennwyd y llyfryn hwn tua deng mlynedd yn ôl a than gyfyngiad caeth o ran hyd: petawn yn ei ysgrifennu heddiw, a phetai rhagor o ofod yn cael ei gynnig imi, dichon y byddai'n bur wahanol! Yr un pryd yr wyf yn ddiolchgar iawn i Gyngor Celfyddydau Cymru, drwy Mr. Meic Stephens, am ei gomisiynu ac i Wasg Gomer am ymgymryd â'i gyhoeddi gyda'i gofal a'i medr arferol; bu Mr. Tony Bianchi hefyd yn dra chynorthwygar.

Darllenwyd y deipysgrif wreiddiol gan fy nghyd-weithwyr ar y pryd, Mr. E. G. Millward a Dr. John Rowlands, ac yr wyf yn dra diolchgar iddynt am eu sylwadau treiddgar arni; ond myfi, wrth reswm, sy'n gyfrifol am unrhyw ddiffygion sy'n aros. Mrs. Mary Jones, f'ysgrifenyddes ar y pryd, a gynhyrchodd y deipysgrif, a dymunaf ddiolch iddi hithau am lendid ei gwaith, yn enwedig o gofio iddi orfod mynd i'r afael â llawysgrifen sydd ymhell o fod yn batrwm o geinder!

Y mae'r lluniau yn y gyfrol o leiaf cyn bwysiced â'r testun a golygydd y gyfres, yr Athro Bedwyr Lewis Jones, a ddewisodd y rheini a'u trefnu. Mewn ystyr real iawn felly y mae ef yn gyd-awdur i'r gyfrol a mawr yw fy nyled iddo.

Argraffiad Cyntaf—1989

ISBN 0 86383 554 6

Cyhoeddir gyda chymorth ariannol
Cyngor Celfyddydau Cymru

*Argraffwyd gan J. D. Lewis a'i Feibion Cyf.,
Gwasg Gomer, Llandysul, Dyfed*

CYNNWYS

Tud.

Gair o Eglurhad a Diolch 3

Lluniau 6

Y Fframwaith 9

Cefndir Meddwl 14

Dysg 24

Rhyddiaith 36

Barddoniaeth 55

Drama 74

Diweddglo 76

Cydnabyddiadau Diolchgar ynglŷn â'r Lluniau 78

LLUNIAU

Tud.

1. Cwncwerwr yw'r Cing Harri . . . 9
2. Deddf Uno 1536 10
3. Y Chwyldro Diwydiannol 11
4. Deddf Cyfieithu'r Beibl 1563 . . . 12
5. Cofgolofn Thomas Charles yn y Bala . . 13
6. Erasmus 14
7. Coleg Iesu, Rhydychen 15
8. Yr Wyddfa o Lyn Uchaf Nantlle, 1766 . 16
9. Abaty Glyn-y-Groes ger Llangollen . . 16
10. Luther yn pregethu 17
11. Jean Calvin 17
12. Adferiad y Brenin i'w Deyrnas, 1660 . . 18
13. Capel ymneilltuol cynnar . . . 19
14. Pregethu Methodistaidd 19
15. Gwasg argraffu gynnar 20
16. Cynnyrch cyntaf gwasg Atpar 1718 . . 21
17. Gwasg argraffu John Jones, Llanrwst . . 23
18. Plasty Peniarth 23
19. Gramadeg Cymraeg Gruffydd Robert . . 24
20. Eglwys Mallwyd 25
21. Edward Lhuyd, 1660?-1709 . . . 26
22. William Owen Pughe, 1759-1835 . . 27
23. Brutus o Gaerdroea 28
24. Carchar y Fflud yn Llundain . . . 28
25. Hengwrt, ger Dolgellau . . . 29
26. Yn Llundain mae enw llawnder . . . 30
27. Owain Myfyr, 1741-1814 . . . 31
28. Iolo Morganwg, 1747-1826 . . . 31
29. Cyhoeddi hen destunau . . . 32
30. Humphrey Lhwyd o Ddinbych, *c.*1527-1568 . 33
31. Thomas Price 'Carnhuanawc', 1787-1848 . 33
32. Thomas Stephens, 1821-75 . . . 34
33. D. Silvan Evans, 1818-1903 . . . 34
34. Testament Newydd 1567 . . . 37

Tud.

35. William Morgan 38

36. Beibl 1588 39

37. Tudalen o Feibl 1620 41

38. Blaen-ddalen Prifannau Sanctaidd, 1658 . . 42

39. Y Lasynys, ger Harlech 43

40. Llwyn Einion, Llangamarch . . . 44

41. Dienyddio Offeiriad Pabyddol tua 1593 . . 45

42. Y Drych Cristianogawl 45

43. Beibl Bach 1630 46

44. Cynfal Fawr, Maentwrog . . . 47

45. Patrymau i ddysgu ysgrifennu . . . 48

46. Gogr oferedd 48

47. Capel Henllan Amgoed, ger Hendy Gwyn . . 49

48. Jac Glan-y-Gors, 1766-1821 . . . 50

49. William Williams, Pantycelyn, 1717-1791 . . 51

50. Thomas Jones o Ddinbych, 1756-1820 . . 51

51. Robert Jones, Rhos-lan, 1745-1829 . . 51

52. John Elias yn pregethu 52

53. Edward Matthews, Ewenni, 1818-1892 . . 53

54. Aelwyd F'ewythr Robert . . . 54

55. Noson yn y Black Lion 54

56. Eisteddfod Caerwys 1567 55

57. Telyn arian Caerwys 56

58. Bedd Siôn Phylip yn Llandanwg, ger Harlech . 57

59. Ach ac arfbais yn llaw William Llŷn . . 59

60. Bardhoniaeth neu brydydhiaeth, 1593 . . 60

61. Edmwnd Prys, 1543/4-1623 . . . 61

62. Hen Dŷ'r Ficer yn Llanymddyfri . . . 62

63. Salmau Cân 1621 63

64. Pontymeibion, Glyn Ceiriog . . . 64

65. Abel Jones, Y Bardd Crwst, 1830-1901 . . 65

66. Lewis Morris, 1701-1765 65

67. Bedd Goronwy Owen yn Virginia . . . 66

68. Cyhoeddi Eisteddfod y Bala 1760 . . . 67

69. Eisteddfod y Bala 1789 67

70. Y Clwy Cystadlu 68

71. Robert ap Gwilym Ddu, 1766-1850 . . 69

Tud.

72. Eisteddfod Rhuddlan 1850 . . . 69

73. Eben Fardd, 1802-1863 69

74. Islwyn, 1832-1878 70

75. Yr Efail Fach, Cil-y-cwm, ger Llanymddyfri . 71

76. Pennill yn llaw Ann Griffiths . . . 71

77. Ieuan Glan Geirionydd, 1795-1855 . . 72

78. Talhaiarn, 1810-1869 72

79. Ceiriog yn canu'r delyn, 1884 . . . 72

80. Chwarae anterliwt 74

81. Twm o'r Nant, 1738-1810 . . . 75

Y FFRAMWAITH

Fe welodd y tair canrif a hanner sy'n faes i'r llyfryn hwn gyfnewidiadau mawrion ym mywyd Cymru, yn enwedig tua'u diwedd. Eithr un peth na fu fawr o gyfnewid arno fu teyrngarwch pobl Cymru i goron Lloegr. Fe sicrhawyd hwnnw yn 1485 ar Faes Bosworth pan brofodd Harri Tudur osodiad Dafydd Llwyd o Fathafarn mai

Cwncwerwr yw'r Cing Harri.

1. CWNCWERWR YW'R CING HARRI
   Darlun dychmygol gan T. Prytherch yn dangos Arglwydd Stanley yn gosod y goron ar ben Harri Tudur ar Faes Bosworth.

Ac fe ddaliodd yn gadarn drwy gydol canrifoedd y Tuduriaid (1485-1603), y Stiwardiaid (1603-1714) a'r Hanoferiaid (1714-1837), gan gyrraedd uchafbwynt brwd yn nheyrnasiad maith Fictoria, yr ymffrostiodd Eben Fardd fod gwaed Harri Tudur yn ei gwythiennau:

> O Gymro teg, mae'r gwaed da
> Yn naturiaeth Fictoria!

Y prawf llymaf ar y teyrngarwch hwn fu Rhyfeloedd y Brenin a'r Senedd rhwng 1642 a 1649, ond nid oedd unrhyw amheuaeth nad o du'r Brenin y safai mwyafrif mawr y Cymry, er bod eithriadau amlwg a disglair i'r rheol. A'r un mor eithriadol yn eu dydd hwy, ganrif a hanner a dwy ganrif yn ddiweddarach, oedd yr egin-genedlaetholwyr Iolo Morganwg a Michael D. Jones.

Ychydig dros hanner canrif wedi Maes Bosworth, fe basiwyd 'Deddfau Uno' 1536 a 1543. Drwyddynt fe roddwyd Cymru ar yr un gwastad â Lloegr o ran cyfraith a gweinyddiaeth, ond bod ganddi ei chyfundrefn lysoedd ei hun (y Sesiwn Fawr) a Chyngor Cymru a'r Gororau yn Llwydlo i gadw llygad ar y cwbl; y Saesneg, yn naturiol, fyddai'r unig iaith swyddogol o hyn ymlaen. Fe barhaodd y drefn hon yn ei hanfod hyd ein dyddiau ni, er i Gyngor Cymru a'r Gororau ddiflannu yn 1689 a'r Sesiwn Fawr yn 1830.

Effaith yr atrefnu hwn oedd hybu tueddiadau cymdeithasol ac economaidd a oedd eisoes ar waith, ac yn enwedig ddyrchafu bri y gwŷr bonheddig tiriog,

2. DEDDF UNO 1536
    Yn swyddogol deddf 27 Harri VIII pennod 26. Yn ôl cymal 17 y ddeddf hon 'All Courts shall be kept in the English Tongue', 'All Officers shall speake English'.

cynullwyr a pherchnogion yr ystadau, a weithredai bellach fel Ustusiaid Heddwch a Siryfion ac Aelodau Seneddol y siroedd Cymreig newydd. Y gwŷr bonheddig tiriog oedd y dosbarth llywodraethol drwy gydol ein cyfnod, a thueddent i fynd yn llai eu nifer ac yn fwy eu grym fel yr âi'r canrifoedd rhag-ddynt. O fod yn genedl â chyfartaledd uchel o rydd-ddeiliaid, fe aeth Cymru'n raddol yn genedl o ychydig ysweiniaid cefnog ynghyd â lliaws o denantiaid a llafurwyr di-dir. Ar y dechrau, ni wnaeth dyfodiad diwydiannaeth ond hybu'r duedd hon. Yn ystod y ganrif ddiwethaf, fodd bynnag, fe danseiliwyd safle'r gwŷr bonheddig gan ddiwygiadau seneddol a phropaganda radicalaidd y dosbarth canol newydd, a gellir dweud i'w tra-awdurdod ddod i ben gyda phasio Deddfau Llywodraeth Leol y flwyddyn 1881.

Ar wahân i ffafr brin brenin a phendefig, ac ychydig egin-ddiwydiannau yma ac acw, y tir oedd unig ffynhonnell cyfoeth Cymru am ddwy ganrif a hanner cyntaf ein cyfnod. Cyn diwedd y ddeunawed ganrif, fodd bynnag, yr oedd y Chwyldro Diwydiannol ar gerdded o ddifrif yma. Ar faes glo Morgannwg a Gwent ac o gwmpas chwareli llechi Gwynedd, yn arbennig, fe dyfodd trefi a phentrefi poblog a phrysur. Yn ystod y ganrif ddiwethaf fe dreblodd poblogaeth Cymru (o 587,000 yn 1801 i 2,033,285 yn 1901), a chryn ddwy ran o dair o'r bobl yn ymgrynhoi yn y De-ddwyrain. Oherwydd fod ardaloedd diwydiannol o fewn y wlad i ymfudo iddynt, ni fu raid i Gymru oddef gweld cyfartaledd mor uchel o drigolion ei chefn gwlad ag Iwerddon, dyweder, yn cael eu gwasgaru i'r gwledydd newydd dros y môr. Er mai Saeson oedd y cyfalafwyr cynnar gan

3. Y CHWYLDRO DIWYDIANNOL
Darlun dyfrliw, a dadogir ar George Robinson (1742-88), o waith haearn Nant-y-glo yng Ngwent tua 1788.

amlaf, buan y creodd y cyfoeth newydd a ddug diwydiant ddosbarth canol
newydd Cymreig. A buan hefyd y daeth y gweithwyr diwydiannol i ymdeimlo
â'u hunaniaeth ac â'u hawliau.

Hyd yn oed cyn pasio'r 'Deddfau Uno', yr oedd y brenin Harri VIII yn
anesmwytho (am resymau personol, fwy na heb) ynglŷn â safle'r Eglwys yn ei
deyrnas. Yn 1559, wedi chwarter canrif o wamalu, fe ddeddfwyd mai Protest-
aniaeth Anglicanaidd a fyddai crefydd swyddogol Lloegr a Chymru. Pedair
blynedd wedyn, yn 1563, fe basiwyd deddf na ellir gorbwysleisio ei phwysig-
rwydd, sef honno a orchmynnai fod y Beibl a'r Llyfr Gweddi Gyffredin yn cael
eu cyfieithu i'r Gymraeg erbyn Dygwyl Ddewi 1567, a'u defnyddio wedi hynny
yng ngwasanaethau'r Eglwys. Protestaniaeth Anglicanaidd, sef ffydd Eglwys
Loegr, fu crefydd swyddogol Cymru drwy gydol ein cyfnod ni. Fe'i heriwyd hi
o sawl cyfeiriad: gan y Catholigion, na fynnai weld disodli'r Hen Ffydd; gan y
Piwritaniaid a'u disgynyddion, yr Anghydffurfwyr, a fynnai weld diwygio
Eglwys Loegr ymhellach ar seiliau Beiblaidd; gan y Methodistiaid, a fynnai ei
deffro o'i thrymgwsg. Darfod a wnaeth her y Catholigion, ac ychydig o
lwyddiant a gafodd y Piwritaniaid a'r Anghydffurfwyr i ddechrau, ond fe ffyn-
nodd Methodistiaeth yn ddirfawr a llwyddo i fywiocáu'r hen enwadau Anghyd-
ffurfiol yn eu tro. Yn 1811 fe ymffurfiodd y Methodistiaid Cymreig yn enwad
Anghydffurfiol eu hunain, ac erbyn canol y ganrif ddiwethaf yr oedd wyth
Cymro o bob deg yn Anghydffurfiwr, a dylanwad Anghydffurfiaeth yn helaeth
ar bob agwedd ar fywyd y wlad—camp nid bychan yn nannedd sialens diwyd-

4. DEDDF CYFIEITHU'R BEIBL 1563
    Yn swyddogol deddf 5 Elisabeth pennod 28—'An Acte for the translating of the Bible and the Dyvine
    Service into the Welshe Tongue'.

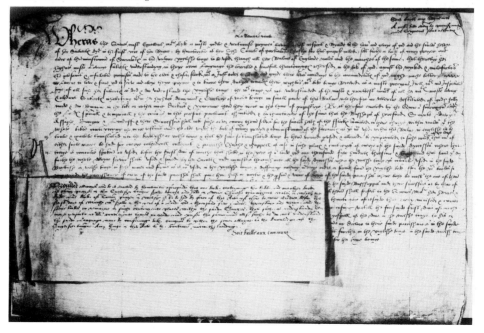

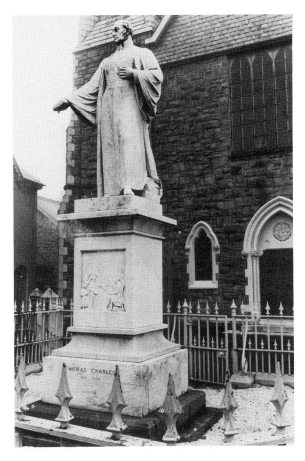

5. COFGOLOFN THOMAS
CHARLES YN Y BALA
Yn Sasiwn y Bala, 19-20 Mehefin
1811, dan arweiniad y Parch.
Thomas Charles, yr ordeiniodd
y Methodistiaid Calfinaidd eu
gweinidogion eu hunain am y tro
cyntaf.

iannaeth. Yr oedd yn amlwg fod dyddiau Eglwys Loegr fel yr Eglwys Sefydledig
yng Nghymru wedi eu rhifo, ond nid hyd y ganrif hon (1920) y daeth y dyddiau
hynny o'r diwedd i ben.

Un canlyniad i'r tueddiadau a amlinellwyd yma fu amddifadu llenyddiaeth
Gymraeg o'i noddwyr traddodiadol sef y gwŷr bonheddig. Erbyn ail hanner yr
ail ganrif ar bymtheg yr oedd y dosbarth hwn yn ymseisnigo'n gyflym, ac
ychydig o nawdd creadigol a gafwyd ganddo i lên a dysg Gymraeg wedi hynny.
Dyfnhau'r rhwyg rhyngddo a'r rhan fwyaf o lenorion Cymru a wnaeth
cyfnewidiadau crefyddol y ddeunawfed ganrf a'r ganrif ddiwethaf. Ond fe
gododd noddwyr newydd gydag amser o blith y dosbarth canol a oedd yn
graddol ymffurfio, ac yn ddiweddarach o blith y werin ddarllengar a ddiwyll-
iwyd drwy'r cyfryngau addysgol a fabwysiadwyd gan yr enwadau Anghydffurf-
iol. Nid hyd yn ddiweddar yn y ganrif ddiwethaf y dechreuwyd o ddifrif fygwth
Cymreictod y dosbarthiadau nawdd newydd hyn, gyda dyfodiad addysg
Saesneg gyffredinol (o 1870 ymlaen ar y lefel gynradd, ac o 1889 ymlaen ar y
lefel uwchradd), a dylifiad sylweddol o Saeson i faes glo'r De-ddwyrain.

CEFNDIR MEDDWL

Ar wahân i'r gwaddol a ddaeth iddi o'r Oesoedd Canol, fe ffurfiwyd meddwl Cymru (fel yr amlygwyd hwnnw yn ein llenyddiaeth) yn ystod ein cyfnod ni gan ddau fudiad meddyliol mawr: Dyneiddiaeth a'i phlentyn Clasuriaeth (er bod Rhamantiaeth hefyd yn codi'i phen cyn diwedd y cyfnod), a Phrotestaniaeth yn ei gwahanol weddau. Ac fe brofodd y wasg argraffu'n llawforwyn anhepgor i'r ddau fudiad hyn.

Cynnyrch y Dadeni Dysg yw Dyneiddiaeth. Ymddangosodd gyntaf yn yr Eidal yn ystod y bedwaredd ganrif ar ddeg a'r bymthegfed ganrif, ac ymledu oddi yno i wledydd gogledd Ewrop erbyn yr unfed ganrif ar bymtheg: yn wir, prin fod yr un Eidalwr wedi ennill y fath enwogrwydd fel dyneiddiwr ag a wnaeth y 'Gogleddwr' Desiderius Erasmus o Rotterdam. Golygai Dyneiddiaeth ymgydnabod o'r newydd â llên a dysg glasurol Groeg a Rhufain, o'u gwrthgyferbynnu â dysg Ladin yr Oesoedd Canol, a hefyd yn aml ymgais i atgynhyrchu rhinweddau'r llên a'r ddysg honno yn yr ieithoedd brodorol. Erbyn canol yr unfed ganrif ar bymtheg yr oedd wedi treiddio i ysgolion gramadeg a phrifysgolion Lloegr, a hefyd i'r ychydig ysgolion gramadeg a oedd bellach yn cael eu sefydlu yng Nghymru. Yn y lleoedd hyn, ac mewn ambell fan arall megis plasau pendefigion dyneiddiol eu tuedd, fe ddaeth gwŷr ifainc o Gymru i wybod am Ddyneiddiaeth ac i'w harddel. Credent yn hynafiaeth y Gymraeg a bod iddi berthynas agos ag ieithoedd breiniol y Roeg a'r Hebraeg, credent fod y beirdd proffesiynol yn ffurfio urdd ddysgedig a allai olrhain ei thras i'r derwyddon gynt, ac yr oeddynt yn awyddus iawn i weld dyrchafu'r iaith i'w hen fri. Eu hamcan oedd disgrifio ei gramadeg a'i geirfa, diwygio ei barddoniaeth (a oedd wedi dirywio'n druenus erbyn eu dydd hwy, fel y tybient) a chreu rhyddiaith

6. ERASMUS
Portread olew gan Hans Holbein.

14

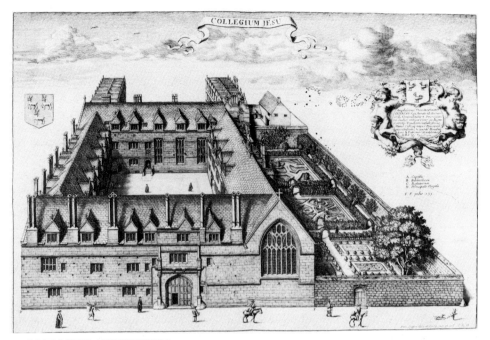

7. COLEG IESU, RHYDYCHEN
Fe'i sefydlwyd yn 1571 gan Hugh Price o Aberhonddu a daeth yn goleg i'r Cymry ym Mhrifysgol Rhydychen.

newydd ar batrymau clasurol—Cicero oedd y meistr mawr, gyda'i frawddegau amlgymalog, soniarus; ac yn sail i'r cwbl rhaid oedd amddiffyn yn gyndyn y mythau a oedd yn garn i'w cred yn statws dyrchafedig yr iaith. Cawn weld yn yr adrannau sy'n dilyn i ba raddau y llwyddasant yn eu hamcan.

Darfu am Ddyneiddiaeth fel mudiad tua chanol yr ail ganrif ar bymtheg ond fe'i hatgyfodwyd ymhen canrif ar newydd wedd, sef Clasuriaeth. Gellir dweud mai ailddehongliad y Ffrancwr Nicolas Boileau o syniadau llenyddol Aristotles a Horas a roddodd fod i'r mudiad hwn, ac fe fu'n fawr ei ddylanwad yng Nghymru o tua chanol y ddeunawfed ganrif ymlaen. Efallai mai William Williams 'Caledfryn' a'i *Ddrych Barddonol* (1839) oedd ei ddehonglydd mwyaf systematig. Yr oedd pwyslais Clasuriaeth ar reswm, ar gymesuredd, ar ddynwared crefftus y meistri mawr wrth lenydda yn enwedig o ran y mathau o lenyddiaeth a gynhyrchid (soniai'r Clasurwyr lawer am ddynwared Natur, ond dynwared llenorion a wnaent gan mwyaf). Nid rhyfedd i'r adwaith Rhamantaidd a gysylltir ag enw'r Almaenwr Friedrich Schlegel gyrraedd Cymru hithau tua chanol y ganrif ddiwethaf a pheri galw am nodweddion llenyddol gwahanol iawn i'r rhai a arddelai'r Clasurwyr: teimlad, arucheledd, rhyddid y dychymyg creadigol i ddarganfod ei fater a'i ffurfiau ei hun. Ei lais mwyaf hyglyw, efallai, oedd William Williams 'Creuddynfab' a'i *Farddoniadur Cymreig* (1855). Mae'n eironig meddwl i draethawd enwog y Groegwr 'Longinws' ar *Yr Aruchel,* a gyfieithiwyd gan Boileau ei hun, fod yn un o'r dylanwadau cryfaf o blaid disodli Clasuriaeth.

15

8. YR WYDDFA O LYN UCHAF NANTLLE, 1766
   Darlun olew yn y dull clasurol gan y Cymro Richard Wilson (1713-87).

9. ABATY GLYN-Y-GROES GER LLANGOLLEN
   Darlun dyfrliw rhamantaidd ei ddull gan J. M. W. Turner (1775-1851).

Mudiadau llenyddol oedd Dyneiddiaeth a Chlasuriaeth (a Rhamantiaeth). Nid mudiad llenyddol fel y cyfryw oedd Protestaniaeth, ar wahân i'r lle canolog a roddai i'r Llyfr Sanctaidd yn iaith y bobl, ond bu ei ddylanwad llenyddol mewn llawer gwlad yn ddifesur. Fe fu hynny'n sicr yn wir yng Nghymru. Cychwynnodd Protestaniaeth yn yr Almaen yn 1517 pan heriodd Martin Luther y Pab ac Eglwys Rufain yn enw'r Beibl, a chyhoeddi mai trwy ffydd yr achubid dyn ac nid trwy weithredoedd da, ac mai pregethu'r Gair oedd cyfrwng arferol achubiaeth yn hytrach nag Aberth yr Offeren. Rhoddwyd ffurf agos at fod yn derfynol ar gredo diwinyddol y mudiad yn 1536 yn y gyfrol *Egwyddorion y Grefydd Gristnogol* gan Jean Calvin, dyneiddwr ifanc o Ffrancwr a ymsefydlodd yn ninas Genefa yn yr Yswistir a'i throi'n batrwm (nid di-fefl) o wladwriaeth Gristnogol; fel y gwyddys, un o sylfeini diwinyddiaeth Calvin oedd fod achubiaeth dyn o Dduw yn unig. Er y gellid dadlau fod athrawiaeth Eglwys Loegr fel y sefydlwyd hi'n derfynol yn 1559 yn drwyadl Brotestannaidd, yr oedd ei ffurflywodraeth a'i ffurfwasanaeth yn dal yn bur Gatholig yr olwg arnynt. Hyn sy'n esbonio gwrthwynebiad y bobl a elwir yn Biwritaniaid i'r Eglwys: fe fynnent hwy weld ei diwygio nid yn gymaint yn ei hathrawiaeth ag yn ei ffurflywodraeth a'i ffurfwasanaeth, ac yn arbennig yn ei disgyblaeth eglwysig, a hynny yn ôl dysgeidiaeth y Beibl ac arweiniad eglwysi diwygiedig neu Bresbyteraidd y Cyfandir a'r Alban. Er nad oedd y Piwritan nodweddiadol yn dymuno ymadael ag Eglwys Loegr, ond yn hytrach ei diwygio o'r tu mewn, fe dyfodd yr argyhoeddiad ymhlith rhai nad oedd a wnelo'r Eglwys ddim â'r Wladwriaeth, eithr mai mewn cynulleidfaoedd gwirfoddol o gredinwyr y gwelid Eglwys Dduw yn ei ffurf buraf ar y ddaear; ac yn bur gynnar fe geir rhai o'r Cynulleidfaolwyr

11. JEAN CALVIN
Portread ohono'n ddyn ifanc tua 35 oed.

10. LUTHER YN PREGETHU
Rhan o ddarlun gan Lucas Cranach yr Hynaf yn Eglwys y Dref, Wittenberg.

A hwy a anfonafant at y Brenhin, gan ddywedyd,
Dychwel di â'th holl Weifion.
II Sam.XIX.14.

12. ADFERIAD Y BRENIN I'W DEYRNAS, 1660
Un o'r ysgythriadau copr a gyhoeddodd Richard Morris yn
1755 ar gyfer rhai copïau o'r Llyfr Gweddi Cymraeg.

hyn yn ymwrthod â bedyddio plant ac yn bedyddio oedolion o gredinwyr yn
unig. Yn y cyfnod o ryddid crefyddol a ddilynodd fuddugoliaeth byddinoedd y
Senedd yn y Rhyfel Cartref, cafodd pob barn grefyddol ei llafar—gan gynnwys
eiddo'r Crynwyr gyda'u pwyslais eithafol ar arweiniad yr Ysbryd Glân oddi
mewn yn hytrach na'r Llyfr allanol—ond wedi adferiad y Frenhiniaeth yn 1660
fe gyfyngwyd yn ddirfawr ar gyfle pawb ond Eglwyswyr i ledaenu eu ffydd. Aeth
y Piwritaniaid bellach yn Anghydffurfwyr o wahanol fathau—Presbyteriaid,
Cynulleidfaolwyr, Bedyddwyr, Crynwyr—ac er i fesur o oddefgarwch gael ei
estyn iddynt yn 1689 nid adferwyd eu hawliau dinesig yn llwyr hyd ymhell
ymlaen yn y ganrif ddiwethaf. Lleiafrif bychan oeddynt am genedlaethau, ond
lleiafrif pur ddylanwadol, er i gryn ymrafael dorri allan yn eu plith yn ystod y
ddeunawfed ganrif wrth i rai ohonynt droi oddi wrth Galfiniaeth at Arminiaeth
(a honnai fod i ewyllys dyn ran ym mhroses ei achubiaeth), Ariaeth (a wadai fod
Crist yn Fab Duw o dragwyddoldeb), ac Undodiaeth. Wrth fynd heibio gellir
nodi fod amryw o'r radicaliaid crefyddol hyn ymhlith y rhai cyntaf i groesawu'r
radicaliaeth wleidyddol newydd o Ffrainc, a lwyddodd yn ystod y ganrif
diwethaf i beri fod yr hen syniad am gymdeithas fel hierarchi o ordeiniad dwyfol
yn cael ei ddisodli i raddau pell gan y syniad am gydraddoldeb pob dyn.

Nid mudiad diwinyddol fel y cyfryw oedd Methodistiaeth, eithr mudiad a
fynnai weld bywiocáu hen gredoau, a fynnai weld cred yn y pen yn troi'n fywyd
teimladwy yn y galon. Cafinaidd oedd diwinyddiaeth y mudiad yng Nghymru,
ond yn Lloegr yr oedd y brodyr Wesley a'r garfan a arweinient hwy yn Armin-

18

13. CAPEL YMNEILLTUOL CYNNAR
   Capel Pen-rhiw, Dre-fach Felindre, ger Llandysul. Mae bellach yn yr Amgueddfa Werin.

14. PREGETHU METHODISTAIDD
   Darlun o John Wesley yn pregethu yng Nghernyw.

19

aidd eu cred, a phan ddaeth cenhadon y Wesleaid i Gymru yn gynnar yn y ganrif ddiwethaf bu cryn ddadlau rhyngddynt a'r Calfiniaid. Tua'r un adeg bu dadlau brwd yng ngwersyll y Calfiniaid eu hunain rhwng y Calfiniaid cymedrol, a gynrychiolai'r safbwynt traddodiadol, a'r Uchel Galfiniaid, na rôi lawer o bwys ar genhadu. Y Calfiniaid cymedrol a orfu ac aeth gwaith cenhadol yr eglwys ymlaen yn ei nerth (yn aml trwy adfywiadau neu ddiwygiadau grymus) hyd nes i'r consensws diwinyddol gael ei ddryllio'n derfynol gan ymddangosiad Rhyddfrydiaeth Ddiwinyddol neu Foderniaeth yn ystod blynyddoedd ola'r ganrif. Cynnyrch athronwyr a diwinyddion yr Almaen yw Rhyddfrydiaeth Ddiwinyddol hithau, megis ei chwaer Rhamantiaeth (yr oedd ei sylfaenydd, Friedrich Schleiermacher, yn gyfaill i Schlegel): ynddi gwrthodir awdurdod gwrthrychol y Beibl a dyrchafu profiad neu deimlad yr unigolyn yn norm. Y mae dyfodiad Rhamantiaeth ar y naill law, a Rhyddfrydiaeth Ddiwinyddol ar y llaw arall, yn sicr yn arwyddocáu diwedd cyfnod yn hanes meddyliol Cymru.

Soniwyd ar ddechrau'r adran mor bwysig oedd y wasg argraffu fel cyfrwng i ledaenu llenyddiaeth a syniadau yn ystod y cyfnod. Ar ei ddechrau, wrth gwrs, peth pur newydd oedd y wasg. Fe'i dyfeisiwyd yn yr Almaen tua 1450 a chyrhaeddodd Loegr yn 1476, ond nid hyd 1546—ddeng mlynedd a thrigain yn ddiweddarach—yr argraffwyd y llyfr print cyntaf yn y Gymraeg, sef *Yn y llyfr hwn,* casgliad o ddefnyddiau defosiynol a gynullwyd gan Syr Siôn Prys o Aberhonddu. Yn Llundain yr argraffwyd hwn, a phob llyfr Cymraeg arall bron—yn

15. GWASG ARGRAFFU GYNNAR
   Darlun o dŷ argraffu tua 1499.

161

Cân o Senn iw hên Feiſtr

TOBACCO

A Gyfanſoddodd Gwaſanaethwr Ammodol iddo Gyn't pan dorodd ar ei Ammod ac ef, ynghŷd a'r Rheſſymmeu paham y deffygiodd yng waſanaeth y Concwerwr beunyddiol hwnnw. Ar hen Dôn ac oedd drigannol yn y *Deyrnas* hon Lawer Blwydd ŷn faith Cyn Tirio'r crwydryn ynthi, ag a Elwid y *Frwynen lâs*, neu *Dan y Coed* a *Thany Gwydd*. Y mae'r 8. ſylaf gyntaf o'r breichiau yn groes rowiog o'r draws gyhydedd, a'r berreu'n amlaf yn Cyfochori.

Argraphwyd yn Nhre-Hedyn, *gan* Iſaac Carter *yn y Flwyddyn* 1718.

16. CYNNYRCH CYNTAF GWASG ATPAR 1718
Gwasg Isaac Carter yn Atpar—neu Drerhedyn—oedd yr argraffwasg barhaol gyntaf a sefydlwyd yng Nghymru.

agos i ddau cant ohonynt—am ganrif a hanner wedyn (er na ddylid anghofio cynnyrch prin y gwasgau dirgel Catholig yng Nghymru ei hun rhwng 1587 a 1590). Yr oedd gan un Cymro Llundeinig, Thomas Salisbury o Glocaenog, gynlluniau pur uchelgeisiol ar gyfer cyhoeddi yn y Gymraeg, ond fe'u drylliwyd i gyd gan bla difaol 1603. Yn y flwyddyn 1695 fe symudodd Thomas Jones 'yr Almanaciwr', brodor o Gorwen, ei fusnes cyhoeddi o Lundain i Amwythig er mwyn cael bod yn nes at y farchnad Gymreig. Cam bychan wedyn oedd i Isaac Carter yn 1718 sefydlu ei wasg yn Atpar ger Castellnewydd Emlyn. Cyn hir yr oedd gan lawer tref yng Nghymru a'r Gororau ei gwasg argraffu, ac fe gynhyrchodd y rhain rhyngddynt efallai gymaint â thair mil o lyfrau Cymraeg yn ystod y ganrif. Mân lyfrynnau megis almanaciau (40-48 tt.) neu 'faledi' (4-8 tt.) oedd llawer o'r rhain, ond fe gyhoeddwyd hefyd lu o gyfrolau sylweddol, yn aml drwy'r dull tanysgrifio: gwahodd tanysgrifiadau ymlaen llaw a'r prynwr yn talu hanner pris y llyfr wrth danysgrifio a'r hanner arall wrth dderbyn ei gopi. Cyn diwedd y ganrif yr oedd y cylchgronau Cymraeg cyntaf wedi ymddangos, rhagredegyddion byrhoedlog cnwd enfawr cylchgronau'r ganrif ddiwethaf. Crefyddol oedd neges *Trysorfa Gwybodaeth* Peter Williams (1770) ond radical-iaeth wleidyddol oedd byrdwn *Cylchgrawn Cynmraeg* Morgan John Rhys (1793), a rhyngddynt y mae'r ddau'n cynrychioli'n burion amcanion y rhan fwyaf o'r cylchgronau Cymraeg cynnar: dylid dweud, fodd bynnag, fod rhai o'u disgyn-yddion yn y ganrif ddiwethaf, megis *Y Gwladgarwr* 1833- ac wrth gwrs *Y Traethodydd* 1845-, yn fwy penodol lenyddol eu tuedd. Y ganrif ddiwethaf yn ddiamau oedd canrif fawr argraffu yn y Gymraeg. Yn ystod y ganrif dyfeisiwyd y wasg beiriant a daeth papur yn llawer rhatach nag o'r blaen. Amcangyfrifwyd fod yn agos i saith mil o lyfrau Cymraeg wedi eu cynhyrchu rhwng 1800 ac 1880 ac yn eu plith yr oedd amryw gyfrolau a chyfresi costfawr, rai ohonynt wedi eu cyhoeddi gan gwmnïau estron megis Mackenzie a Blackie—ni ellir ond rhyfeddu'n barhaus at y cyhoedd darllengar a grewyd gan yr Ysgolion Sul a'r cymdeithasau llenyddol a'r eisteddfodau. Brenin y cyhoeddwyr Cymreig, yn ddiamau, oedd Thomas Gee (Ieuaf) o Ddinbych, a choron ei yrfa ef oedd cyhoeddi'n ddeg cyfrol rhwng 1854 a 1879 *Y Gwyddoniadur Cymreig,* 'y llyfr Cymraeg mwyaf ei faint a gynhyrchwyd erioed' (rhyfeddod mwy fyth yw i ail argraffiad ymddangos rhwng 1889 ac 1896). Cyn canol y ganrif yr oedd newydd-iaduron wythnosol wedi dechrau ymddangos yn y Gymraeg: ymhlith y pwysicaf ohonynt yr oedd *Amserau Cymru* (1843-59) a *Baner Cymru* (1857-9), a unwyd yn 1859 fel *Baner ac Amserau Cymru,* a Thomas Gee wrth y llyw.

Er cymaint o gyhoeddi Cymraeg a gafwyd yn y ganrif ddiwethaf, nid yw'n wir hyd yn oed am y ganrif honno fod pob gwaith llenyddol o bwys wedi'i argraffu, ac yn sicr nid yw hynny'n wir am y canrifoedd cyn y ddiwethaf. Dibynnai'r llenorion yn helaeth o hyd ar gylchredeg eu gwaith mewn llawysgrif. Ac os oedd arnynt eisiau ennill gwybodaeth am lenyddiaeth Gymraeg yr Oesoedd Canol a chyn hynny, yna nid oedd dim amdani ond troi i chwilota ymhlith yr hen lawysgrifau. Fel y cawn weld yn yr adran nesaf, fe fu ceisio dwyn cynnwys rhai o'r hen lawysgrifau hyn i olau dydd yn un o brif amcanion ysgolheictod Cymraeg ein cyfnod.

17. GWASG ARGRAFFU
JOHN JONES, LLANRWST
John Jones (1786-1865) a wnaeth y
wasg hon ei hun tua 1813. Mae
bellach yn yr Amgueddfa Wyddonol
yn Kensington.

18. PLASTY PENIARTH
Cartref teulu'r Wynniaid, ger Tywyn, Meirionnydd, lle'r oedd casgliad anferth o lawysgrifau Cymraeg.
Mae'r llawysgrifau bellach yn Llyfrgell Genedlaethol Cymru.

DYSG

I wlad fel Cymru yn ystod y tair canrif a hanner rhwng 1530 ac 1880, pan oedd cymaint o ddylanwadau yn tueddu i'w datgysylltu oddi wrth ei gorffennol, prin y gellir gorbwysleisio pwysigrwydd ysgolheictod iach. Yng ngwaith ei hysgolheigion, o leiaf, gallai'r genedl obeithio cael gwybodaeth sicr am ei hiaith a'i llenyddiaeth a'i hanes ar hyd y canrifoedd, a thrwy hynny ymgryfhau yn ei thraddodiad cynhenid. Eithr bylchog ac anwastad fu hynt ysgolheictod Cymraeg ein cyfnod: cafwyd cychwyn pur wych, ond dirywio fu'r hanes at y diwedd, pan oedd yr angen fwyaf.

Un o brif amcanion dyneiddwyr Cymreig ail hanner yr unfed ganrif ar bymtheg a hanner cyntaf yr ail ar bymtheg oedd disgrifio gramadeg a geirfa'r iaith Gymraeg yr ymfalchïent gymaint yn ei thras; ac fe lwyddasant yn orchestol yn eu hamcan. Y traethawd gramadegol cyntaf oedd *Dosbarth byr* Gruffydd Robert o Filan (1567, c. 1584)—sydd hefyd yn enghraifft wiw o'r arddull Giceronaidd newydd—ac fe'i dilynwyd gan ymdriniaeth lafurfawr Siôn Dafydd Rhys o Aberhonddu (1952), llawlyfr mwy arwynebol Henry Salesbury o Henllan (1593) a champwaith John Davies o Fallwyd, *Antiquae Linguae*

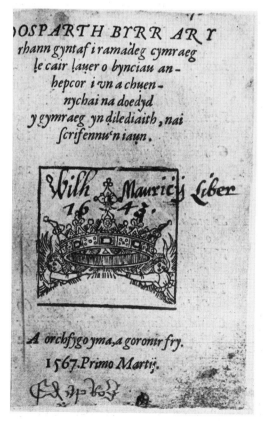

19. GRAMADEG CYMRAEG
GRUFFYDD ROBERT
Argraffwyd ym Milan yn yr Eidal, lle'r oedd yr awdur yn alltud, yn 1567.

24

Britannicae . . . Rudimenta [Elfennau'r hen iaith Brydeinig] (1621): yn hwn ceir disgrifiad rhyfeddol o gywir o iaith beirdd Cymraeg yr Oesoedd Canol, yn arbennig y cywyddwyr. William Salesbury o Lanrwst a gyhoeddodd y geiriadur Cymraeg-Saesneg cyntaf yn 1547, ac am yn agos i ganrif fe fu bron pob dyneiddiwr Cymreig o bwys wrthi'n geiriadura'n ddiwyd hyd nes y cyhoeddodd John Davies o Fallwyd ei ail *magnus opus, Antiquae Linguae Britannicae . . . Dictionarium Duplex* yn 1632: cynhwysai hwn eiriadur Cymraeg-Lladin rhagorol iawn gan John Davies ei hun a thalfyriad o eiriadur Lladin-Cymraeg gan Thomas Wiliems o Drefriw. Drwy ei eiriadur a'i ramadeg fe lwyddodd John Davies nid yn unig i ddisgrifio teithi ac adnoddau'r iaith lenyddol glasurol ond hefyd i sefydlu ei horgraff wedi deng mlynedd a phedwar ugain o arbrofi dygn.

Am yn agos i ddwy ganrif ni wyrwyd ryw lawer oddi wrth y safonau a osodwyd i lawr gan John Davies. Ei olynydd naturiol oedd Edward Lhuyd o Lanforda a Rhydychen, o bosibl yr ysgolhaig mwyaf a welodd Cymru erioed. Ond yr oedd diddordebau Lhuyd, ac yntau'n drwm dan ddylanwad ysgolheigion mawr Lloegr a'r Cyfandir yn ei ddydd, yn cofleidio nid yn unig iaith ond hefyd arferion a llên gwerin, hynafiaethau, hanes a naturiaetheg (ef oedd sylfaenydd gwyddor palaeontoleg neu ffosileg). Bu'n teithio'r gwledydd Celtaidd am flynyddoedd yn casglu defnyddiau, ac arfaethai gyhoeddi cyfres o gyfrolau ar y pynciau hyn, ond un yn unig a ymddangosodd cyn ei farw annhymig, sef *Archaeologia Britannica . . . Glossography* (1707), sy'n ymwneud ag iaith. Yn y gyfrol hon nid yn unig fe ddisgrifir gramadeg a geirfa'r ieithoedd Celtaidd i gyd

20. EGLWYS MALLWYD
     Yma yr oedd John Davies yn rheithor o 1604 hyd 1644.

21. EDWARD LHUYD, 1660?-1709
Portread pin ac inc cyfoes, yn Llyfr Noddwyr
Amgueddfa Ashmole, Rhydychen.

ac eithrio'r Gymraeg (yn ei hachos hi fe fodlonir ar ychwanegu at eiriadur John Davies) ond fe'u cymherir â'i gilydd ac â ieithoedd eraill a thrwy hynny fe ddarganfyddir rhai o egwyddorion sylfaenol ieitheg gymharol—syfrdanol o gamp. Ni cheir neb o galibr Lhuyd yn ymwneud â'r iaith yn ystod gweddill y ddeunawfed ganrif, ond fe gafwyd gramadegau teilwng gan William Gambold o Gas-mael (1727) a Thomas Richards o Langrallo (1753), a geiriaduron sy'n parhau'n ddefnyddiol gan Richards (1753) ac yn arbennig John Walters o Landochau (1770-94). Llai uchelgeisiol oedd gramadeg Siôn Rhydderch (1728), er iddo fod yn bwysig yn hanes yr eisteddfod, a geiriaduron Thomas Jones (1688), Rhydderch (1725), William Evans (1771) a William Richards (1798).

Dechrau'r ganrif ddiwethaf, fodd bynnag, fe ddrylliwyd y traddodiad yn deilchion. Y gŵr a oedd ar fai oedd William Owen Pughe o Lundain (a Nantglyn wedi hynny), un o Gymry dysgedicaf ac anwylaf ei oes. Ond yr oedd ei feddwl dan reolaeth damcaniaethau ieithyddol gorwyllt gwŷr fel yr Abbé Paul Pezron a Rowland Jones: credai fod gwreiddeiriau'r famiaith gyntefig i'w canfod yn eglur yn y Gymraeg, a bod ganddo hawl i drin yr iaith fel y mynnai er mwyn eu harddangos. Gan hynny chwyldrôdd ei horgraff, ystumiodd ei gramadeg a chreodd gannoedd o eiriau o'i ben a'i bastwn ei hun, gan gyflwyno'r cwbl yn ei ramadeg a'i eiriadur mawr a ymddangosodd yn rhannau rhwng 1793 a 1803: yn eironig ddigon, teitl fersiwn Cymraeg ei ramadeg oedd *Cadwedigaeth yr Iaith Gymraeg!* Y mae'n wir i Pughe lwyddo i esbonio llawer iawn o hen eiriau na wyddai neb eu hystyr o'r blaen, ond prin fod hyn yn ddigon o iawn am yr anfadwaith a gyflawnodd, yn blentyn diniwed ac anfeirniadol ei oes. Yn goron ar y cwbl, yr oedd ganddo arddull ryddiaith chwyddedig a thra Anghymreig—nid gwir o gwbl yn ei achos ef y dywediad *le style c'est l'homme même.* Fe adawodd ei ôl yn drwm ar Gymraeg 'swyddogol' y ganrif ddiwethaf, yn ogystal ag ar ei gramadegau a'i eiriaduron. O blith y rheini dylid nodi geiriadur Saesneg-Cymraeg pwysig y lluniwr termau dihafal Thomas Edwards 'Caerfallwch' (1850): disgybl ffyddlon i Pughe ydoedd ef. Yng ngramadeg Thomas Rowland

22. WILLIAM OWEN PUGHE, 1759-1835
Gwnaed y portread hwn gan Thomas George,
Cymro o Abergwaun, ar gyfer argraffiad 1832
o Eiriadur Pughe.

(1853), ar y llaw arall, gwelir ymgais i ymryddhau o ddylanwad mall y meistr.

Wrth ymhyfrydu yn nisgynyddiaeth y Cymry o Frutus fab Silvius o Gaer-droea ac yn wir o Samothes fab Japheth fab Noa (neu o'i frawd Gomer), ac wrth fyfyrio ar gysylltiad y beirdd proffesiynol ag urdd ddysgedig y Derwyddon gynt, meddiennid dyneiddwyr yr unfed ganrif ar bymtheg gan yr argyhoeddiad fod gweddillion dysg yr hen Gymry o hyd yn llechu yn y llawysgrifau, er bod y rhan fwyaf ohoni wedi'i cholli drwy falais neu ddiofalwch neu ddamwain (yr oedd i greadur o'r enw Ysgolan ran amlwg ym myth y llyfrau coll). Yr argyhoeddiad hwn sy'n egluro i raddau ddiwydrwydd hynod y dyneiddwyr yn casglu a chopïo llawysgrifau o bob math, gwaith yr oedd y beirdd proffesiynol hwythau wedi bod wrtho ers hanner canrif a mwy. Deuai llawer o'r dyneiddwyr hyn o Ddyffryn Clwyd a'r cyffiniau—yr hen Wynedd Is Conwy ond gan gynnwys dwylan Afon Conwy—ac ymhell cyn diwedd yr unfed ganrif ar bymtheg yr oedd y rhan fwyaf o lawysgrifau Cymraeg pwysig y Cyfnod Canol wedi eu cipio yno o'r De. Brenin y copïwyr oedd John Jones o'r Gellilyfdy yn Ysgeifiog a gafodd oes dra helbulus—gwyddai fod rhagor rhwng carchar a charchar—ond a lwyddodd i gopïo o leiaf ddeg a phedwar ugain o lawysgrifau mewn llaw hyfforddedig a chain (gan amlaf). Ond brenin y casglwyr oedd ei gyfaill Robert Vaughan o'r Hengwrt yn Llanelltud a grynhodd i'w lyfrgell cyn ei farw yn 1666 gyfartaledd uchel iawn o'r llawysgrifau Cymraeg pwysig o bob cyfnod, yn gynnyrch mynaich a beirdd a dyneiddwyr (yr oedd Vaughan hefyd yn hanesydd o uchel radd, er mai ychydig iawn a gyhoeddodd). Parhaodd y gweithgarwch ynglŷn â chopïo a chasglu llawysgrifau, er ar raddfa lai, drwy gydol y ddeunawfed ganrif ac ymlaen i'r ganrif ddiwethaf, fel y dengys gyrfaoedd gwŷr fel Dafydd Jones o Drefriw, Dafydd Ellis o Gricieth, ac Owen Jones 'Owain Myfyr' a'i gylch yn Llundain.

27

24. CARCHAR Y FFLUD YN LLUNDAIN
lle copïodd John Jones o'r Gellilyfdy
lawer o lawysgrifau Cymraeg pan oedd
yn garcharor yno am fethdaliad.

Brutus,

Brut⁹ sonne of Siluis⁹, which was of ý rase of ý kigs of Troye, who hauing by mysthaunce slayne his father with an arrowe, was so ashamed, that he wold no lenger abyde in Jtalye : but withdre whim selfe into Grece, where he warred agaiſt king Pã dras : ≄ in fyne, conſtrayned him to giue him his daughter in ma= riage. After that, he arriued in Gaule, where he was sore mole= ſted : and finallye he arriued in the contrye of Albion, ≄ landed at Totneſſe in deuonſhyre, and there subdued the gyants which than poſſeſſed this land , ≄ afterward peacibly raigned therein. ≄ where as before it was called Albion , taking name as ſome cronielers affyrme) of dame Albió one of the rrr. ſyſters that ar= riued in this land , and other ſome of the white clyffes on the ſea ſyde, by marrners ſo named, he named it Britaine after his owne name. After he had raigned rriiii. yeares he departed the iſle Betwene his thre sonnes into thre partes . Unto Locrine, he gaue the middle part which is nowe called England, vnto Cambre, he gaue Wales: and vnto Albanact, Scotland.

23. BRUTUS O GAERDROEA
Darlun dychmygol, o tua 1562, o sylfaenydd
chwedlonol hil y Brytaniaid.

25. HENGWRT, GER DOLGELLAU
   Darlun gan Moses Griffith (1747-1819) o'r tŷ lle casglodd Robert Vaughan y
   llyfrgell orau o lawysgrifau Cymraeg a fu'n eiddo i un gŵr.

Ond nid digon copïo a chasglu: rhaid oedd cyhoeddi hefyd. Y mae hon yn
thema bwysig yn hanes ysgolheictod y cyfnod. Yr oedd y dyneiddwyr yn dra
ymwybodol o'r angen i wneud cynnwys yr hen lawysgrifau yn hysbys i'r byd, fel
y dengys rhagymadrodd Siôn Dafydd Rhys i'w ramadeg, ond rhaid cyfaddef
mai ychydig a gyhoeddwyd ganddynt: casgliad o ddiarhebion gan William
Salesbury yn 1547 (gydag ail argraffiad wedi ei helaethu yn 1567), casgliad tebyg
gan John Davies yng ngeiriadur 1632—a dyna'r cwbl bron. Edward Lhuyd a
ailgododd y pwnc drwy gynnwys catalog (a oedd o reidrwydd yn anghyflawn) o
lawysgrifau Cymraeg yn ei *Glossography*. Fe'i dilynwyd gan ei ddisgybl Moses
Williams, a gyhoeddodd gatalog o farddoniaeth Gymraeg y llawysgrifau yn
1726 (yr oedd eisoes wedi cyhoeddi ei *Gofrestr* arloesol o lyfrau print Cymraeg yn
1717). Wedi hynny, prif uchelgais yr ysgolheigion Cymraeg gorau drwy gydol
y ddeunawfed ganrif a dechrau'r bedwaredd ganrif ar bymtheg oedd dwyn y
llawysgrifau hyn i olau dydd. Fe fabwysiadwyd yr un nod gan rai o'r Cymdeith-
asau Cymreig a ffurfiwyd yn Llundain yn ystod y ddeunawfed ganrif, yn
enwedig y Cymmrodorion (sefydlwyd 1751) a'r Gwyneddigion (sefydlwyd
1770). Eto prin fu'r cynhaeaf ar y cychwyn oblegid diffyg cefnogaeth y cyhoedd,
ac yn enwedig y gwŷr bonheddig y gellid disgwyl iddynt noddi'r math hwn o
weithgarwch. Cafwyd testun o Gyfraith Hywel wedi'i olygu gan William
Wotton a Moses Williams (1730), detholiad o ganu'r Gogynfeirdd (ynghyd â
chyfieithiadau i'r Saesneg a thraethawd Lladin ar hanes y beirdd) gan Evan
Evans 'Ieuan Fardd' (1764), a detholiad o waith y Cywyddwyr gan Rhys Jones
o Lanfachreth (1770)—yr oedd i Ieuan Fardd, ysgolhaig gorau'r ganrif, ran ym
mharatoi llyfr Rhys Jones hefyd. Tua diwedd y ddeunawfed ganrif fe ddaeth tro

GOSODEDIGAETHAU

ANRHYDEDDUS GYMDEITHAS

Y

CymmroĐorion

YN

LLUNDAIN.

Dechreuedig ym Mis *Medi*, 1751.

A ail drefnwyd, a Gyttunwyd arnynt yn unfryd, ac a Sicrhawyd, gan yr Anrhydeddus y Penllywydd, a'r holl Swyddogion eraill, gyd â'r rhan fwyaf o'r Cyfeillion, mewn llawn Gynnulleidfa, yn eu Cyfarfod misawl, yn Nhafarn *Carreg-Lundain* yn *Cannon-ſtreet, Ebrill* 4, 1753, ac hefyd yn Nhafarn yr *Hanner-Lleuad* yn *Cheapſide, Mai* 7, 1755.

LLUNDAIN:

Printiedig i Waſanaeth y Gymdeithas, gan *John Oliver* yn *Bartholomew-Cloſe.*
M DCC LV.
[Pris Swllt.]

26. YN LLUNDAIN MAE ENW LLAWNDER
'Gosodedigaethau' neu reolau un o'r cymdeithasau a sefydlwyd yn Llundain i noddi dysg a llenyddiaeth Gymraeg.

27. OWAIN MYFYR, 1741-1814   28. IOLO MORGANWG, 1747-1826

ar fyd, a hynny oherwydd i Owain Myfyr (un o sylfaenwyr y Gwyneddigion) benderfynu gwario peth o'r cyfoeth a enillasai fel ffwriwr yn Llundain ar gyhoeddi hen lenyddiaeth Cymru. Felly y cafwyd *Barddoniaeth Dafydd ap Gwilym* (1789), *The heroic elegies . . . of Llywarch Hen* (1793) ac yn arbennig *The Myvyrian Archaeology of Wales* (1801, 1801, 1807)—tair cyfrol enfawr yn cynnwys testunau o'r Cynfeirdd a'r Gogynfeirdd, o'r Brutiau, ac o lên 'ddysgedig' y Cyfnod Canol megis y Trioedd, y Cyfreithiau a'r hen gerddoriaeth. Fe helpwyd Owain Myfyr gan William Owen Pughe ac Edward Williams 'Iolo Morganwg', y naill yn golygu a'r llall yn casglu testunau. Ysywaeth, nid oedd ysgolheictod testunol Pughe fawr praffach na'i ysgolheictod ieithyddol, ac anfoddhaol felly oedd safon y golygu; ac yr oedd amryw o'r testunau a 'gasglodd' Iolo, yn enwedig ar gyfer *Barddoniaeth Dafydd ap Gwilym* a thrydedd gyfrol y *Myvyrian,* yn gynnyrch ei awen ffrwythlon ond celwyddog ef ei hun er mwyn cynnal ei weledigaeth o Forgannwg a Chymru ddelfrydol gynt. Eto gwych o gymwynas a wnaeth Owain Myfyr, ac y mae'n symbol godidog o ddisodli'r gwŷr bonheddig fel noddwyr gan y dosbarth canol newydd. Ducpwyd ei waith ymlaen yn ystod y ganrif ddiwethaf mewn amryfal ffyrdd: gan gymdeithasau megis y 'Welsh Manuscripts Society', a gyhoeddodd amryw gyfrolau pur werthfawr rhwng 1846 ac 1862, er iddi'r un pryd roi cylchrediad i lawer o ddogfennau ffug Iolo; gan y llywodraeth, a noddodd yn 1841 *Ancient laws and institutes of Wales* Aneurin Owen, mab Pughe ac ysgolhaig testunol gorau'r ganrif (aeth ei waith ar 'Frut y Tywysogion' i ddwylo'r bwnglerwr afieithus John Williams ab Ithel, disgybl ffyddlon i Iolo, a'i gyhoeddi ganddo yn 1860); a chan unigolion fel y Sgotyn W. F. Skene, yr ymddangosodd ei *Four Ancient Books of Wales* yn 1868. Ond coron y gweithgarwch yn y maes hwn yn ystod y ganrif oedd ailgyhoeddi'r *Myvyrian* yn un gyfrol dan olygyddiaeth R. J. Pryse 'Gweirydd ap Rhys' yn 1870 gan Thomas Gee, heb nawdd yn y byd ond cefnogaeth y werin ddarllengar Gymraeg.

THE

PHYSICIANS OF MYDDVAI;

Meddygon Myddfai,

OR THE MEDICAL PRACTICE OF THE CELEBRATED RHIWALLON AND HIS SONS,
OF MYDDVAI, IN CAERMARTHENSHIRE, PHYSICIANS TO RHYS GRYG, LORD OF
DYNEVOR AND YSTRAD TOWY, ABOUT THE MIDDLE OF THE THIRTEENTH
CENTURY. FROM ANCIENT MSS. IN THE LIBRARIES OF
JESUS COLLEGE, OXFORD, LLANOVER, AND TONN;
WITH AN ENGLISH TRANSLATION; AND
THE LEGEND OF THE
LADY OF LLYN Y
VAN.

TRANSLATED BY

JOHN PUGHE, ESQ. F.R.C.S. OF PENHELYG, ABERDOVEY,

AND EDITED BY

THE REV. JOHN WILLIAMS AB ITHEL, M.A.

RECTOR OF LLANYMOWDDWY.

PUBLISHED FOR

The Welsh MSS. Society.

LLANDOVERY,
PUBLISHED BY D. J. RODERIC; LONDON, LONGMAN & CO.
MDCCCLXI.

29. CYHOEDDI HEN DESTUNAU
Un o gyfrolau'r Welsh Manuscripts Society a argraffwyd gan William Rees yn Llanymddyfri.

Soniwyd yn barod mor bwysig i'r dyneiddwyr Cymreig oedd y mythau a goleddent ynglŷn â'u gorffennol. Pan ymosodwyd gan ddyneiddwyr o Loegr ar ffynhonnell amryw o'r mythau hynny, sef 'Brut y Brenhinedd' Sieffre o Fynwy (c. 1136-8), naturiol oedd i'r Cymry ymateb yn chwyrn. Amddiffynnwyd Sieffre mewn print gan Syr Siôn Prys (ysgrifennodd ei lyfr cyn 1553 ond nis cyhoeddwyd tan 1573), Humphrey Lhwyd o Ddinbych (1568), David Powell o Riwabon (1585) a John Davies yn rhagymadrodd ei Eiriadur (1632), heblaw amryw ddyneiddwyr eraill yr arhosodd eu gwaith mewn llawysgrif: o'r rhain rhaid enwi Siôn Dafydd Rhys, a ysgrifennodd draethawd Cymraeg hirfaith ar y pwnc yn 1597. Graddol golli'r frwydr hon a wnaed, er i Lewis Morris, un o'r tri brawd dawnus o Fôn, geisio ailagor y ddadl tua chanol y ddeunawfed ganrif ac ennill cryn gefnogaeth i'w safbwynt am beth amser yng Nghymru. Mwy buddiol, o bosibl, oedd gwaith Humphrey Lhwyd yn cyfieithu'r cronicl tra phwysig 'Brut y Tywysogion' i'r Saesneg yn 1559, a gwaith David Powell yntau yn golygu'r cyfieithiad ar gyfer ei gyhoeddi yn 1584 dan y teitl *History of Cambria:* ailgyhoeddwyd y llyfr hwn amryw weithiau rhwng 1696 ac 1832, ac ef fu prif ffynhonnell gwybodaeth y Cymry am eu hanes yn ystod yr Oesoedd Canol Cynnar nes ymddangos o *History of Wales* Syr John Edward Lloyd yn 1911. Rhaid peidio ag oedi yma gyda gweithiau cyffredinol ar hanes Cymru (sonnir am rai ohonynt yn yr adran ar ryddiaith), er mai anodd yw mynd heibio i *Hanes Cymru* Thomas Price 'Carnhuanawc' (1836-42) a *Hanes y Brytaniaid a'r Cymry* (1872-4) a olygwyd gan Weirydd ap Rhys. Ond dylid dweud gair am rai ceisiadau i olrhain y traddodiad llenyddol Cymraeg. Cafwyd cychwyn addawol i'r gwaith gan Syr

31. THOMAS PRICE 'CARNHUANAWC', 1787-1848

Portread gan Charles Incy o'r hanesydd a'r gwladgarwr.

30. HUMPHREY LHWYD O DDINBYCH, c.1527-1568

Hanesydd a lluniwr mapiau.

32. THOMAS STEPHENS, 1821-75
Fferyllydd ym Merthyr ac un o'r rhai cyntaf i
astudio ein hen lenyddiaeth yn ôl dulliau
gwyddonol.

33. D. SILVAN EVANS, 1818-1903
Offeiriad a geiriadurwr a benodwyd yn
Athro Cymraeg yng Ngholeg Aberystwyth
yn 1875.

Siôn Prys yn 1573 ac aed ag ef gam bras ymhellach gan Ieuan Fardd yn y
traethawd Lladin ar y beirdd a gynhwysodd yng nghyfrol 1764. Ond yn ystod y
ganrif ddiwethaf yr ymosodwyd ar y dasg o ddifrif a chynhyrchu tair cyfrol nobl:
The Literature of the Kymry . . . during the twelfth and two succeeding centuries gan
Thomas Stephens o Ferthyr (1849), *Hanes llenyddiaeth Gymreig o'r flwyddyn 1300
hyd y flwyddyn 1650* gan Weirydd ap Rhys (wedi 1883) a *Hanes llenyddiaeth Gymreig
o 1651 O.C. hyd 1850* gan Charles Ashton (1893). Rhaid cyfaddef mai anwastad
yw cyfrolau Ashton a Gweirydd, ond y mae cryn gamp ar un Stephens, yn
enwedig o gofio mai fferyllydd ydoedd wrth ei alwedigaeth, ac na chafodd fwy
na rhyw dair blynedd o ysgol yn ei fywyd. Iolo Morganwg a'i greadigaethau
oedd problem fawr haneswyr a haneswyr llên y ganrif ddiwethaf, yn union fel yr
oedd syniadau William Owen Pughe yn brif broblem i'r ieithyddion, ac ni
ddechreuwyd dadlennu maint cyfeiliorni y naill na'r llall o'r tywysogion deillion
hyn hyd nes i'r ysgolheictod newydd, a'i gwreiddiau yn y prifysgolion, ddechrau
profi ei grym tua diwedd y ganrif. Yn wir nid hyd ail chwarter y ganrif hon y
llwyr ddatguddiwyd camwri Iolo. Bu'r myth a greodd bron mor rymus ag eiddo
Sieffre, er nad mor hirhoedlog.

Silvan Evans, o bosibl, sy'n cynrychioli orau y trawsnewid o'r hen ysgolheic-
tod i'r newydd. Digon traddodiadol, er mor werthfawr, yw ei *English and Welsh
Dictionary* (1852-8), ond y mae ôl y ddisgyblaeth ieithyddol newydd ar ei *Eiriadur
Cymraeg* mawr anorffen (1887-1906). Yn briodol ddigon, ef a benodwyd yn 1875
i'r cyntaf o gadeiriau Cymraeg y colegau a ymunodd yn 1893 i ffurfio Prifysgol

Cymru lle y cafwyd o'r diwedd nawdd cyson i ysgolheictod Cymraeg a Chymreig. Carreg filltir yn hanes yr ieitheg newydd oedd cyhoeddi *Grammatica Celtica* Johann Caspar Zeuss yn 1853, cychwyn y *Revue Celtique* yn 1870 (cyfrannodd Silvan Evans a John Peter 'Ioan Pedr' o'r Bala yn gynnar i'r cylchgrawn hwnnw) ac ymddangos o *Lectures in Welsh Philology* John Rhŷs yn 1877. Ond tasg y gyfrol nesaf yn y gyfres fydd olrhain dylanwad y ddysg newydd hon ar ein llenyddiaeth.

RHYDDIAITH

Braidd yn ddilewyrch oedd rhyddiaith draddodiadol Gymraeg y ganrif cyn 1550, hyd y gellir barnu, er bod rhai awduron gwirioneddol ddawnus yn ei thrin. Un arall o brif amcanion y dyneiddwyr Cymreig oedd creu rhyddiaith newydd wedi'i seilio ar batrymau clasurol ac yn ymdrin â phob math o bynciau dysgedig: nid yn unig ramadeg, rhethreg a rhesymeg (sef y *Trivium* canoloesol) ond hefyd feddygaeth, gwleidyddiaeth, gwyddoniaeth, celfyddyd rhyfel a 'theologyddiaeth'—a mabwysiadu rhestr (ac un o dermau) Gruffydd Robert. Rhannol iawn fu eu llwyddiant. Yn un peth, ychydig o weithiau gwreiddiol a sgrifenasant, ac eithrio Gruffydd Robert a Siôn Dafydd Rhys: y mae hyn yn resyn gan fod eu cyflwyniadau a'u rhagymadroddion yn dangos fod amryw ohonynt yn medru sgrifennu Cymraeg Ciceronaidd o'r coethaf. Peth arall, un maes yn unig, ar wahân i ramadeg a rhethreg, a feddiannwyd ganddynt, sef 'theologyddiaeth'. Yn wir, y mae'n syndod gymaint o ryddiaith dda ein cyfnod ni ar ei hyd sy'n grefyddol; gellir dosbarthu'r rhan fwyaf o lawer ohoni dan benawdau eglwysig: Anglicanaidd, Catholig, Piwritanaidd, Methodistaidd. Ond y gwir yw fod meddiannu 'theologyddiaeth' ynddo'i hun yn ddigon i roi i'r Gymraeg hawl i gael ei hystyried yn iaith ddysgedig: diwinyddiaeth oedd brenhines y gwyddorau o hyd, a chrefydd y mater pwysicaf o ddigon ym meddyliau dynion. Prawf llwyddiant y dyneiddwyr yn y maes oedd eu cyfieithiad o'r Beibl, gan mai hwn, i'r Protestaniaid o leiaf, oedd unig sail 'theologyddiaeth'. Drwy eu cyfieithiad o'r Beibl y sefydlodd y dyneiddwyr y traddodiad rhyddiaith diweddar.

Fel y soniwyd eisoes, cafwyd deddf seneddol yn 1563 yn gorchymyn cyfieithu'r Beibl a'r Llyfr Gweddi Gyffredin i'r Gymraeg erbyn Dygwyl Ddewi 1567. Eithr cyn gynhared â 1551 yr oedd William Salesbury wedi troi'r llithoedd a ddarllenid yn yr eglwys ar wasanaeth Cymun yn y gyfrol *Cynifer llith a ban.* Wedi pasio'r ddeddf (y gellir tybio fod a wnelo Salesbury rywbeth â hi, er mai Humphrey Lhwyd a'r Esgob Richard Davies o Dyddewi a gymerodd yr arweiniad yn y Senedd) aeth Salesbury ati i gyfieithu gweddill y Testament Newydd a'r Llyfr Gweddi: cafodd help Richard Davies a Thomas Huet, Cantor (= Deon) Tyddewi, gyda rhannau o'r Testament Newydd. Cyhoeddwyd y ddau lyfr yn 1567, a dywedir i Salesbury a Davies fynd ati wedyn i gyfieithu'r Hen Destament ond iddynt anghytuno tua 1575 'ynglŷn ag ystyr gyffredinol a tharddiad un gair' a rhoi'r gorau i'r gorchwyl—stori dda, boed hi wir neu beidio! William Morgan, a oedd ar y pryd yn Ficer Llanrhaeadr-ym-Mochnant, a ddug y maen i'r wal yn 1588, pan gyhoeddwyd ei gyfieithiad o'r Hen Destament a'i ddiwygiad o Destament Newydd Salesbury dan y teitl *Y Beibl Cysegrlan;* teg ychwanegu ei fod wedi cael help gan amryw o'i gyd-ddyneiddwyr, yn enwedig Edmwnd Prys, Rheithor Maentwrog. Diwygiodd Morgan, ac yntau bellach yn Esgob Llandaf, Lyfr Gweddi Salesbury hefyd yn 1599. Cwplawyd y gwaith pan ymddangosodd argraffiadau newydd o'r Beibl yn 1620 ac o'r Llyfr Gweddi yn 1621, y ddau wedi'u diwygio gan Richard Parry, olynydd Morgan

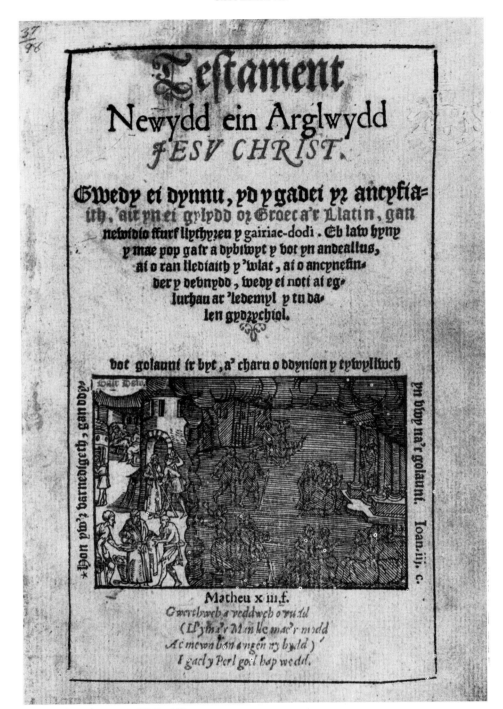

34. TESTAMENT NEWYDD 1567

Mae dwy ran o dair o'r llun ar yr wyneb-ddalen yn dywyll ac yn cynrychioli'r byd heb y Beibl, yn llawn gweithredoedd drwg. Mae traean chwith y llun dan oleuni Gair Duw. O gwmpas y llun mae adnod o Efengyl Ioan 3.19.

35. WILLIAM MORGAN
Darlun dychmygol o ddiwedd y ganrif ddiwethaf gan T. Prytherch.

fel Esgob Llanelwy (lle y cawsai ei drosglwyddo o Landaf) a Dr. John Davies o
Fallwyd. Beibl Parry fu Fersiwn Awdurdodedig y Cymry, *de facto* os nad *de jure,*
o'r adeg honno hyd ein canrif ni. Cafwyd argraffiad teuluol ohono yn 1630, ac
ni bu pall ar ei ailargraffu wedyn, yn arbennig yn ystod y ganrif ddiwethaf.

Daeth y Beibl yn ffynhonnell y traddodiad rhyddiaith nid yn unig oblegid ei bwysigrwydd fel Llyfr Duw ond hefyd oblegid ei ragoriaeth fel llenyddiaeth. Dangoswyd yn derfynol yn ddiweddar fod y cyfieithwyr yn ysgolheigion Beiblaidd campus bob un, yn defnyddio nid yn unig y testunau gwreiddiol ond hefyd y fersiynau modern diweddaraf. Ond priodol i ni yma yw canolbwyntio ar eu gorchest o fewn maes y Gymraeg. Salesbury oedd yr arloeswr mawr, ac yr oedd yn meddu ar adnoddau llenyddol dihysbydd. Ond fe'i hudwyd gan ei barch at hynafiaeth a'i hoffter o amrywiaeth (yr oedd *copia* yn un o hoff dermau'r dyneiddwyr) i roi gwedd hynafol a hytrach yn afreolus ar ieithwedd ac orgraff ei gyfieithiadau; ac fe'i beirniadwyd yn llym o'r herwydd. Mynnodd Morgan, ar

36. BEIBL 1588
Mae'r adnodau ar yr wyneb-ddalen, o Ail Epistol Paul at Timotheus 3. 14-15, yn mynegi argyhoeddiad William Morgan fod y Beibl yn rhoi yn nwylo'r Cymry yr allwedd i ddrws iechydwriaeth.

y llaw arall, reoleiddio iaith ac orgraff ei gyfieithiad ar sail arferion gramadegol ac orgraffyddol y beirdd caeth; ac at ei gilydd hefyd fe ymwrthododd â'r nodweddion hynafol a oedd mor agos at galon Salesbury: diflannodd y ffurfiau Cymraeg Canol, ac ni pherid i sbelio gair bellach ddangos ei darddiad. Aeth Parry, neu'n hytrach Davies, â'r proses o reoleiddio a safoni ymhellach fyth: flwyddyn wedi i'w Beibl hwy ymddangos, fel y cofir, fe ddangosodd Davies ei feistrolaeth lwyr ar iaith y beirdd caeth yn ei ramadeg enwog. Erbyn i'r cyfieith-iad gyrraedd ei lawn dwf, fel petai, ym Meibl Parry, fe geid ynddo gorff helaeth o lenyddiaeth, amrywiol iawn o ran ffurf ond cyson odidog o ran cywirdeb ei ramadeg a chyfoeth ei gystrawen a'i eirfa; mwy na hynny, yr oedd cynefindra'r cyfieithwyr â'r rhyddiaith Ladin orau ac â chelfyddyd rhethreg yn peri eu bod yn rhoi sylw arbennig i effaith y cyfieithiad ar y clyw, ac y mae ei berseinedd yn un o'i rinweddau pennaf. Dylid pwysleisio fod yr un rhinweddau'n union yn perthyn i gyfieithiad pwysig Salesbury a'i ddiwygwyr o'r Llyfr Gweddi Gyffredin. Efallai fod ffyddlondeb egwyddorol y cyfieithwyr i'r testunau gwreiddiol wedi peri fod eu cystrawennau ar brydiau'n Anghymreig, ac y mae'n anodd deall eu defnydd cyson o'r frawddeg annormal ('Iesu a ganfu Nathanäel' yn lle 'Canfu Iesu Nathanäel'), ond nid yw'r diffygion hyn ond megis brychau ar wyneb yr haul o'u cymharu â disgleirdeb y gamp a gyflawnwyd.

Yn sgîl cyfieithu'r Beibl fe gododd ysgol o awduron rhyddiaith Anglicanaidd a barhaodd i ffynnu am ddwy ganrif bron. Gellir dweud mai ei man cychwyn oedd rhagymadrodd maith Richard Davies i Destament Newydd 1567, lle y dadleuai mai Beiblaidd a 'Phrotestannaidd' oedd eglwys gynnar y Cymry, nes iddi gael ei llygru gan y ffydd ddirywiedig a ddaethai i Loegr o Rufain ddiwedd y chweched ganrif: dyma'r 'myth Protestannaidd' a barhaodd i liwio meddwl y Cymry am eu gorffennol eglwysig hyd y ganrif ddiwethaf. Gwaetha'r modd, ychydig o'r awduron Anglicanaidd a ddilynodd Davies a aeth ati i lunio gweith-iau gwreiddiol fel y gwnaeth ef: at ei gilydd, bodlonent ar gyfieithu llyfrau crefyddol poblogaidd o'r Saesneg (neu ar dro o'r Lladin). Ond yr oedd llawer o'r llyfrau a ddewiswyd ganddynt i'w cyfieithu yn glasuron o'u bath; ac yn sicr yr oedd amryw o'r awduron yn Gymreigwyr di-ail, yn adnabod iaith glasurol y beirdd a'r iaith lafar fel ei gilydd, yn feistri ar eirfa a chystrawennau'r Gymraeg. Cyn y Rhyfel Cartref, er enghraifft, dyna *Ddeffyniad ffydd Eglwys Loegr* Morus Cyffin, 1595 (cyfieithiad o *Apologia Ecclesiae Anglicanae* John Jewel), *Pregethau a osodwyd allan* Edward James, 1606 (cyfieithiad o Homilïau swyddogol Eglwys Loegr), *Llwybr hyffordd yn cyfarwyddo'r anghyfarwydd i'r nefoedd* Robert Lloyd, 1630 (cyfieithiad o *Plain man's pathway to heaven* Arthur Dent), a *Llyfr y Resolusion* John Davies o Fallwyd, 1632 (cyfieithiad o gyfaddasiad Protestannaidd gan Edmund Bunny o *Christian Directory* yr Iesuwr Robert Persons). Wedi'r Rhyfel Cartref, y lleygwr o gafalîr Rowland Vaughan o Lanuwchllyn a ailafaelodd yn y gwaith o gynhyrchu rhyddiaith Anglicanaidd (yr oedd ef eisoes wedi cyhoeddi yn 1629 *Yr ymarfer o dduwioldeb,* sef cyfieithiad o *Practice of piety* Lewis Bayly), ac ymhlith enwau pwysig y ddwy neu'r tair cenhedlaeth nesaf y mae Ellis Wynne o Lanfair a'i *Reol buchedd sanctaidd,* 1701 (cyfieithiad o *Holy living* Jeremy Taylor), Edward Samuel o Fetws Gwerful Goch a Llangar a'i *Fucheddau yr Apostolion a'r Efengylwyr,* 1704 (gwaith gwreiddiol, ond cynhyrchodd Samuel hefyd amryw gyfieith-

LLYFR Y PSALMAV.

PSAL. I.
1 Dedwyddwch y Duwiol. 4 Annedwydd-
wch yr annuwiol.

Boreuol
weddi.
*Dihar. 4.14.

Wyn eiſydd y * gwr
ni rodia ynghyn-
gor yr annuwoli-
on, ac ni ſaif yn
ſfordd pechaduri-
aid, ac nid eiſtedd
yn eiſteddfa gwat-
war-wyr:

2 Onid ſydd a'i
ewyllys ynghy-
fraith yr Argl-
wydd: * ac yn my-

*Deut. 6. 6.
Ioſua 1. 8.
Pſal. 119. 4.
Dihar. 6. 20.
Ierem. 17. 8.
‖Heb. diſtan-
ad.

fyrio yn ei gyfraith ef ddydd a nôs;

3 Ac efe a ſydd fel pren wedi ei blannu ar
lan afonydd dyfroedd, yr hwn a rydd ei
ffrwyth yn ei bryd: a'i ddalen ni ‖ wywa, a
pha beth bynnac a wnêl, efe a lwydda.

4 Nid * felly [y bydd] yr annuwiol: ond
fel mân us yr hwn a chwâl y gwynt ym-
maith.

*Pſal. 34. 5. &
37. 36.
Eſay 1. 7. 13.

5 Am hynny yr annuwolion ni ſafant yn
y farn, na phechaduriaid ynghymulleidfa
y rhai cyfiawn.

6 Canys yr Arglwydd a edwyn ſfordd y
rhai cyfiawn; ond ſfordd yr annuwolion a
ddifethir.

PSAL. II.
1 Brenhiniaeth Chriſt, 10 A chynghori bren-
hinoedd iw derbyn.

*Act. 4. 25.

A ham y * terfyſca y cenhedl-
oedd: ac y myfyria y bobloedd
beth ofer?

2 Y mae brenhinoedd y ddai-
ar yn ymoſod, a't penaethi-
aid yn ymgynghori ynghyd, yn erbyn yr Ar-
glwydd, ac yn erbyn ei Griſt ef, [gan ddywe-
dyd,]

3 Dryll[i]wn eu rhwymau hwy: a thafl-
wn eu rheffynnau oddi wrthym.

*Dihar. 1. 26.
‖Neu, hina.
‖Heb. oarin ein
fy ſanieidd-
wr.
*Act. 13. 33.
Heb. 1. 1.
‖Neu, yn be
dedef.

4 Yr hwn ſydd yn preſwylio yn y ne-
foedd a chwardd: yr Arglwydd a'i gwatwar
hwynt.

5 Yna y llefara efe wrthynt yn ei lid, ac yn
ei ddigllonrwydd y ‖ dychryna efe hwynt.

6 Minneu a ‖ oſodaiſ fy Brenin ar Sion
‖ fy mynydd ſanctaidd.

7 * Wynegaf ‖ y ddeddf: dywedodd yr Ar-

glwydd wrthif: fy Mab [ydwyt] ti, myfi
heddyw a'th genhedlais.

8 * Gofyn i mi, a rhoddaf y cenhedloedd yn
etifeddiaeth i ti: a therfynau y ddaiar i'th
feddiant.

*Pſal. 72. 8.

9 * Drylli hwynt â gwialen haiarn, ma-
luri hwynt fel lleſtr pridd.

*Datc. 2. 27.
& 19. 15.

10 Gan hynny r awr hon frenhinoedd,
byddwch synhwyrol: barn-wyr y ddaiar
cymmerwch ddyſc.

11 Gwaſanaethwch yr Arglwydd mewn
ofn; ac ymlawenhewch mewn dychryn.

12 Cuſſenwch y mâb rhag iddo ddigio,
a'ch difetha chwi o'r ſfordd, pan gynnieuo
ei lid ef ond ychydig: *gwyn eu byd pawb
a ymddiriedant ynddo ef.

*Dihar. 16. 20
Eſay 30. 18.
Iere. 17. 7.
Rhuf 9. 33. &
10. 11.
1. Pet. 1. 6.

PSAL. III.
Diogelwch nawdd, ac amddiffyn Duw.

❡ Pſalm Dafydd, pan * ffôdd efe rhag
Abſalom ei fab.

*2. Sam. 15 15

Rglwydd mor aml yw fy nhra-
llod-wyr: llawer [yw y rhai]
fy 'n codi i'm herbyn.

2 Llawer [yw y rhai] fy 'n
dywedyd am fy enaid, nid [oeſ]
iechydwriaeth iddo yn [ei] Dduw. Selah.

3 Ond tydi, Arglwydd, [ydwyt] darian
‖ i mi: fy ngogoniant, a derchafudd fy mhen.

‖Neu, treſob.

4 A'm llef y gelwais ar yr Arglwydd, ac
efe a'm clybu o'i ſynydd ſanctaidd. Selah.

5 * Mi a orweddais, ac a gyſcais; [ac]
a ddeffroais; canys yr Arglwydd a'm cyn-
haliodd.

*Pſal. 4. 9.

6 * Nid ofnaf ſyrddiwn [o] bobl: y rhai
o amgylch a ymoſodaſant i'm herbyn.

*Pſal. 27. 3

7 Cyſot Arglwydd, achub fi fy Nuw; ca-
nys tarewaiſt fy holl elynion [ar] garr y
ên: torraiſt ddannedd yr annuwolion.

8 * Iechydwriaeth [ſydd] eiddo 'r Argl-
wydd: dy ſendith [ſydd] ar dy bobl. Selah.

*Eſa. 43. 11.
Hoſ. 13. 4.

PSAL. IIII.
1 Dafydd yn gweddio ar gael ei wrando, 2 yn
ceryddu, ac yn cynghori ei elynion. 6 Yn ffa-
for Duw y mae dedwyddwch dyn.

❡ I'r ‖ pen-cerdd ar Neginoth,
Pſalm Dafydd.

‖Neu, chyms.

Wrando fi pan alwyf, ô Dduw fy
nghyfiawnder: me wn cyfyngder yr
ehengaiſt arnaf: ‖ trugarhâ wrthif,

‖Neu, hydd ro-

D o   ac

37. TUDALEN O FEIBL 1620

38. BLAEN-DDALEN PRIFANNAU SANCTAIDD, 1658
Un o'r llyfrau defosiwn a gyfieithwyd o'r Saesneg gan Rowland Vaughan o Gaer-gai yn Llanuwchllyn.

iadau), John Morgan o Matchin yn Swydd Essex a'i *Fyfyrdodau bucheddol ar y Pedwar Peth Diweddaf,* 1714 (gwaith gwreiddiol), Theophilus Evans o Langamarch a Llan-faes a'i amrywiol gyfieithiadau, 1715-58, a W[illiam] M[eyrick] a'i *Batrwm y gwir Gristion,* 1723 (cyfaddasiad o *Imitatio Christi* Thomas à Kempis). O ddechrau'r ddeunawfed ganrif ymlaen hybid y gwaith o ddarparu a lledaenu llyfrau Anglicanaidd yn fawr gan yr SPCK, y Gymdeithas er Taenu Gwybodaeth Gristnogol, a sefydlwyd yn 1701. Pwysicach na'r un o'r llyfrau a enwyd hyd yn hyn, fodd bynnag, yw dau lyfr gwreiddiol gan Ellis Wynne a Theophilus Evans nad ydynt ond yn rhannol yn weithiau crefyddol. Campwaith Wynne yw *Gweledigaethau'r Bardd Cwsg* (1703) a ysbrydolwyd gan gyfaddasiad Saesneg Syr Roger L'Estrange o *Los Sueños* [Breuddwydion] y Sbaenwr Quevedo. Yn y *Gweledigaethau* y mae Wynne yn gwawdio a fflangellu beiau'r byd gyda holl ragfarnau Uchel Eglwyswr o Dori, ond fe wna hynny gyda'r fath asbri, y fath afael sicr ar saernïaeth brawddeg a pharagraff, y fath olud o iaith uchel neu isel yn ôl y galw (nodwedd a ddysgodd gan Ysgol Lundeinig L'Estrange a'i debyg) fel na ellir ymatal rhag ei alw'n glasur. Llyfr hanes yw *Drych y Prif Oesoedd* Theophilus Evans a ymddangosodd gyntaf yn 1716 ond a helaethwyd yn sylweddol ar gyfer ail argraffiad 1740. Y mae iddo ddwy ran: yn y rhan gyntaf adroddir hanes yr hen Gymry cyn cael eu troi'n Gristnogion, ac yn yr ail eu hanes wedi eu troi. Ailadrodd rhai o'r hen fythau cynhaliol a wna Theophilus Evans, er nad yn gwbl anfeirniadol o bell ffordd, a megis hanesydd o'r hen fyd fe ddywed ei stori gydag ymchwydd a hwyl ac aml araith huawdl a chymhariaeth gywrain (yn enwedig yn ail argraffiad 1740). Yn ddiddorol iawn y maentumiwyd yn ddiweddar fod ffigur cawraidd Fyrsil yng nghefn meddwl Theophilus Evans ac Ellis Wynne fel ei gilydd.

39. Y LASYNYS, GER HARLECH
Darlun a wnaeth Syr John Morris-Jones o gartref Ellis Wynne, y Bardd Cwsg.

40. LLWYN EINION, LLANGAMARCH
   Yma yr oedd Theophilus Evans yn byw pan luniodd fersiwn 1740 o *Ddrych y Prif Oesoedd.*

Ni ellid disgwyl i'r Catholigion, a hwythau'n lleiafrif esgymun a dirmygedig wedi 1559, gynnal ymdrech lenyddol hafal i'r Anglicaniaid, ac nis cafwyd ganddynt. Ni chaent argraffu eu llyfrau'n gyfreithlon yn y wlad hon ac felly rhaid oedd iddynt eu cynhyrchu naill ai ar wasgau tramor neu ar wasgau dirgel yma neu yn Lloegr. Cyhoeddwyd cyfieithiadau o gatecismau poblogaidd gan Forus Clynnog ym Milan yn 1568, gan Rosier Smyth ym Mharis yn 1609 a 1611, a chan Richard Vaughan yn St. Omer yn 1618; ym Mharis yn 1615 hefyd y cyhoeddodd Smyth ei gyfieithiad o lyfr o fyfyrdodau ar natur dyn gan y Llydawr Pierre Boaistuau, *Le théâtre du monde.* Ar y llaw arall, ar wasg ddirgel ger Llandudno yn 1587 yr argraffwyd rhan gyntaf *Y drych Cristianogol* (y mae rhai manion eraill y gellir tybio eu hargraffu ar wasg ddirgel Gymreig tua'r un adeg), ac yn Llundain yn ddirgel yr argraffodd yr Iesuwr John Hughes ei lawlyfr defosiynol *Allwydd Paradwys* yn 1670, a chyfieithiad ei dad Huw Owen o *Imitatio* à Kempis yn 1684. Erbyn y ddeunawfed ganrif gallai'r Ffransisgan David Powell 'Dewi Nant Brân' argraffu tri llyfryn defosiynol Catholig yn agored, heb ofni gwg y gyfraith. Un effaith a gafodd y cyfyngu cynnar ar argraffu Catholig oedd peri i'r Catholigion ddibynnu'n helaeth ar hen ddull amlhau copïau llawysgrif er sicrhau cylchrediad i'w gwaith. Y mae'r *Drych Cristianogol,* dair rhan ohono, i'w gael yn gyfan mewn llawysgrif, ac mewn llawysgrif hefyd y mae'r rhan fwyaf, onid y cwbl, o waith y mwyaf cynhyrchiol o holl awduron Cymraeg y Gwrth-ddiwygiad

41. DIENYDDIO OFFEIRIAD PABYDDOL TUA 1593
Dyma'r gosb a ddioddefodd William Davies y merthyr ym Miwmares ar 27 Gorffennaf 1593. Yr oedd ef yn un o'r criw bach a fu'n argraffu *Y Drych Cristianogawl* yn ogof Rhiwledyn.

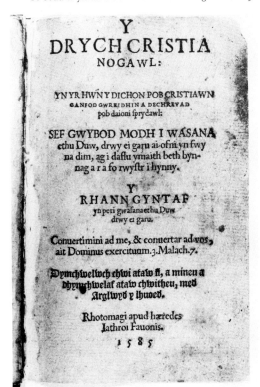

42. Y DRYCH CRISTIANOGAWL
Argraffwyd rhan gyntaf y llyfr yn ddirgel yn ogof Rhiwledyn ger Llandudno yn 1587. I daflu llwch i lygaid yr awdurdodau y rhoed y dyddiad 1585 ac enw tref Rouen yn Ffrainc ar yr wyneb-ddalen.

Catholig, sef Robert Gwyn o Benýberth yn Llŷn. Cadwyd o leiaf dri, ac efallai bedwar, o draethodau sylweddol gan Gwyn, ac y maent yn hynod am uniongyrchedd garw eu harddull. Dadleuwyd mai ef hefyd piau'r *Drych Cristianogol.* Os felly, dyma'n sicr ei waith gorau, a gwaith gorau'r Gwrth-ddiwygiad yn gyffredinol yng Nghymru, ar waethaf ei ddyled drom i *Christian Directory* enwog Robert Persons.

Er bod arwyddion o Biwritaniaeth yng Nghymru cyn gynhared ag wythdegau'r unfed ganrif ar bymtheg, a thraethawd llawysgrif carbwl gan ŵr o'r enw Rowland Puleston o Wrecsam (1583) yn arddangos nodau Piwritanaidd amlwg, nid hyd dridegau'r ganrif ddilynol y blodeuodd y mudiad yma. Fe sgrifennodd y Piwritaniaid fwy o weithiau gwreiddiol ar gyfartaledd na'r Anglicaniaid, ac y mae hynny'n awgrymu (i mi, o leiaf) fod eu ffydd yn fwy personol. Yr awdur Piwritanaidd arwyddocaol cyntaf yw Oliver Thomas 'Carwr y Cymry', a gyhoeddodd bedwar llyfr bychan—un ar y cyd ag Evan Roberts—rhwng 1630 a 1647: y mwyaf sylweddol o'r rhain oedd y traethawd graenus a sgrifennodd yn 1631 i annog pobl Cymru i astudio'r 'Beibl Bach' (y Beibl Cymraeg cyntaf ar gyfer teuluoedd) a oedd newydd ei gyhoeddi. Ond y mwyaf o'r awduron Piwritanaidd—ac o bosibl y mwyaf ei athrylith o holl ysgrifennwyr rhyddiaith y Gymraeg—yw Morgan Llwyd o Faentwrog a Wrecsam. Fe gyhoeddodd ef ryw

43. BEIBL BACH 1630

Mae'r Beibl bach yn awr yn gyson
   Yn iaith dy fam i'w gael er coron;
    Gwerth dy grys cyn bod heb hwnnw . . .
Fel yna yr anogodd y Ficer Prichard ei gyd-Gymry i brynu'r
Beibl cyntaf a baratowyd iddynt i'w ddarllen yn eu cartrefi.

44. CYNFAL FAWR, MAENTWROG
   lle ganwyd Morgan Llwyd yn 1619.

un llyfr ar ddeg i gyd rhwng 1653 a 1657, tri ohonynt yn Saesneg a dau arall yn gyfieithiadau, ond fe'i cofir heddiw'n bennaf ar gyfrif y tri llyfr a ymddangosodd yn 1653: *Llythyr i'r Cymry cariadus, Gwaedd yng Nghymru yn wyneb pob cydwybod* a *Dirgelwch i rai i'w ddeall ac i eraill i'w watwar . . . neu arwydd i annerch y Cymry* (dyma deitl cywir 'Llyfr y Tri Aderyn'). Heblaw bod yn Biwritan radicalaidd, yr oedd Llwyd yn ddisgybl i'r gweledydd Almaenaidd Jacob Boehme, ac yn cydymdeimlo hefyd â Phlaid y Bumed Frenhiniaeth a edrychai am ailddyfodiad buan Crist i deyrnasu'n bersonol ar y ddaear. Yn 1653, gyda phenodiad Senedd y Saint, credai Llwyd ac eraill fod hyn ar ddigwydd, a rhybuddio ei gyd-genedl i ymbaratoi ar gyfer dyfodiad y Brenin Iesu drwy wrando ar eu cydwybod oddi mewn yw byrdwn y tri llyfr; ac er bod Llwyd yn dra chyfarwydd â'r traddodiad rhyddiaith, rhuthmau pregethwr tanbaid a ganfyddir yn ei waith, ynghyd â dychymyg bywiol bardd—cyfuniad dieithr a meddwol. Wedi Adferiad y Frenhiniaeth yn 1660 a Deddf Unfurfiaeth newydd 1662, fe ysgubwyd y gweinidogion Presbyteraidd a Chynulleidfaol a Bedyddiedig o'u bywiolaethau eglwysig, a throes y Piwritaniaid yn Anghydffurfwyr. Er gwaethaf cyni'r blynyddoedd nesaf, ni pheidiodd yr Anghydffurfwyr â darparu llyfrau crefyddol ar gyfer y bobl gyffredin gan ymdrechu'r un pryd i'w dysgu i ddarllen; ac yn 1674 fe ffurfiwyd y 'Welsh Trust' dan nawdd Thomas Gouge, gweinidog cefnog o Lundain, er mwyn hybu'r gwaith cyhoeddi a sefydlu ysgolion elusennol. Colyn yr holl weithgarwch hwn oedd Stephen Hughes o Abertawe, ond y llenor mwyaf a fu ynglŷn ag ef oedd Charles Edwards o Lanrhaeadr-ym-Mochnant, a gyhoeddodd yn 1667, 1671 a 1677 dri argraffiad o'i lyfr *Y ffydd ddiffuant,* a phob argraffiad yn helaethach na'r un o'i flaen. Yn ei ffurf helaethaf, y mae i'r llyfr

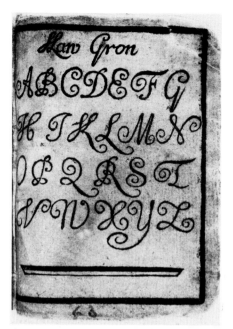

A Sive, of shelter maketh show;
But ev'ry Storme will through it goe.

ILLVSTR. XX.   Book. I.

Ome Men, when for their Actions they procure

46. GOGR OFEREDD
Darlun o un o Lyfrau Emblem Saesneg y 17
ganrif yn cyfleu gweithred ofer, sef dyn yn dal
gogr uwch ei ben mewn cawod. Ceir darluniau
neu ffigurau damhegol tebyg mewn geiriau gan
Morgan Llwyd a Charles Edwards.

45. PATRYMAU I DDYSGU YSGRIFENNU
Cynhwyswyd canllawiau fel hyn i ddysgu pobl i
ysgrifennu yn y Llyfr Plygain a gyhoeddodd
Thomas Jones yn Llundain yn 1683.

ddwy ran, crynodeb o hanes yr eglwys ac ymdriniaeth â hynt a helynt yr enaid
unigol: ac er bod y rhan gyntaf yn ddiddorol a phwysig, yr ail yw gogoniant y
gyfrol. Ynddi distyllwyd profiad ysbrydol dwys Charles Edwards yn gyfres o
benodau cynhwysfawr mewn arddull gywasgedig, epigramataidd a darluniadol,
arddull gŵr a gymerai Seneca a'i ddilynwyr yn batrwm yn hytrach na Chicero,
ond a drwythwyd hefyd o'i febyd yn ei Feibl. Heblaw Charles Edwards, un
awdur Anghydffurfiol arall a gyfrifwyd yn glasur, sef Jeremi Owen o Henllan
Amgoed, a gyhoeddodd yn 1733 bamffled dadleuol, *Golwg ar y beiau,* a phregeth,
*Traethawd i brofi ac i gymell . . . y ddyletswydd fawr Efengylaidd o weddïo dros weinidog-
ion.* Deuai Owen o hil gerdd Anghydffurfiol a chawsai addysg dda, ac yn ei
weithiau ef y gwelir yr arddull Giceronaidd yn ei gogoniant am y tro olaf yn y
Gymraeg, wedi ei phriodi ag iaith lafar rywiog ei fro. Awdur Anghydffurfiol
arall na ddylid ei adael heb ei grybwyll, er ei fod yn perthyn yn rhannol i'r cyfnod
Methodistaidd, yw Joshua Thomas o Lanllienni, awdur y gyfrol syber *Hanes y
Bedyddwyr* a ymddangosodd yn 1778.

Cyn trafod rhyddiaith y Methodistiaid, fodd bynnag, cystal torri ar y patrwm
'eglwysyddol' am funud a dweud gair am beth rhyddiaith seciwlar a
ymddangosodd yn y ddeunawfed ganrif ac wedi hynny. Nid meddwl yr wyf am
weithiau 'defnyddiol' megis *Hanes y byd a'i amseroedd* Simon Thomas o Henfford
(1721) a *Golwg ar y byd* Dafydd Lewis o Lanllawddog (1725)—prin y ceid yr un
gwir Galfinydd i alw'r rhain a'u bath yn seciwlar—ond yn hytrach am y math
o ryddiaith ysgafn a dychanol y gellir ei chysylltu â'r agwedd 'isel' ar *Weledigaeth-*

47. CAPEL HENLLAN AMGOED, GER HENDY GWYN
Dadleuon diwinyddol chwerw ymhlith cynulleidfa Annibynnol Henllan a ysgogodd Jeremy Owen i ysgrifennu *Golwg ar y beiau* yn 1733.

au'r Bardd Cwsg Ellis Wynne. Gwelir y rhyddiaith hon yn brigo i'r wyneb yn llythyrau niferus y brodyr Morris o Fôn—Lewis, Richard a William—a'u cylch, ac yn enwedig yn yr epistolau amharchus a doniol a luniodd Lewis Morris er difyrrwch i rai o'i ffrindiau. Amharchus ddigon hefyd, o safbwynt yr awdurdod-au gwladol o leiaf, oedd y cnwd bychan o bamffledi radicalaidd a ymddangosodd cyn diwedd y ganrif: *Seren tan gwmwl* (1795) a *Toriad y dydd* (1797) John Jones 'Jac Glan-y-gors', a wnaeth i Tom Paine siarad Cymraeg, a *Cwyn yn erbyn gorthrymder* Thomas Roberts 'Llwyn'rhudol' (1798). Pardduo'r Methodistiaid â'r brws radicalaidd oedd amcan Edward Charles 'Siamas Wynedd' yn ei *Epistolau Cymraeg at y Cymry* (1797) ac fe'i hatebwyd gan neb llai na Thomas Jones o Ddinbych yn ei *Gair yn ei amser* (1798), a chan Thomas Roberts yn ei *Amddiffyniad y Methodistiaid* (1806). Olynydd galluocaf Edward Charles fel fflangell y Methodistiaid yn ystod y ganrif ddiwethaf oedd y llenor Anglicanaidd David Owen 'Brutus', yn enwedig yn ei bortread ysgubol watwarus o *Wil Brydydd y Coed* (1863-5, 1876), y cynghorwr Methodistaidd hunan-dybus a di-ddysg.

Fel y gwelir, amhosibl yw osgoi'r Methodistiaid hyd yn oed wrth geisio sôn am lenyddiaeth 'seciwlar', a gwell troi'n ôl yn awr at eu dechreuadau. Yn 1735 y ganwyd Methodistiaeth yng Nghymru, er bod Griffith Jones o Landdowror a'i

48. JAC GLAN-Y-GORS, 1766-1821

ysgolion cylchynol wedi bod yn braenaru'r tir ers peth amser, a'r SPCK a'r 'Welsh Trust' o'i flaen yntau: 'd oes dim amheuaeth nad oedd lledaeniad llythrenogrwydd a llyfrau yn ffactor tra phwysig yn llwyddiant y mudiad. Dechreuasant gyhoeddi llyfrau cyn diwedd y tridegau, ond yr unig ysgrifennwr rhyddiaith pwysig ymhlith yr arweinwyr cynnar oedd William Williams o Bantycelyn a rhwng 1762 a 1777-9 yr ymddangosodd ei weithiau rhyddiaith ef. Y mae'r rhain yn cynnwys *Llythyr Martha Philopur* (1762), *Ateb Philo Evangelius* (1763), *Crocodil Afon yr Aifft* (1767), *Hanes bywyd a marwolaeth y tri wŷr o Sodom a'r Aifft* (1768), *Drws y society profiad* (1777) a'r *Cyfarwyddwr priodas* (1777). Amcan digon ymarferol a oedd i'r cwbl ohonynt, sef meithrin bywyd ysbrydol a meddyliol dychweledigion y Seiadau, ond ynddynt fe'i datguddia Williams ei hun—er mor boenus o ddiofal y gall fod yn aml—yn grëwr rhyddiaith fywiog, ddyfeisgar, lawn apêl at lygad a chlust: yn wir, fe'i profa'i hun yn olynydd nid annheilwng i Charles Edwards ac i Forgan Llwyd. Ymhlith ail genhedlaeth y Methodistiaid, sydd bron mor ddiddorol a phwysig â'r genhedlaeth gyntaf, y mae dau awdur rhyddiaith o safon y mae'n rhaid eu henwi, a'r ddau ohonynt yn haneswyr. Y naill yw Thomas Jones o Ddinbych, yn bennaf ar gyfrif ei 'Ferthyr-draeth' nobl (1813). A'r llall yw'r gŵr distatlach Robert Jones o Ros-lan, awdur *Drych yr Amseroedd* (1820), sy'n olrhain hynt y Diwygiad Methodistaidd yn y Gogledd mewn rhyddiaith braff a hoyw. Gyda Robert Jones fe ellir dweud fod y traddodiad rhyddiaith godidog a gychwynnodd â chyfieithu'r Beibl yn dod i ben, oherwydd nid oedd gan neb a'i holynodd wybodaeth mor helaeth ag ef am y traddodiad na gafael mor sicr ar ddeithi'r iaith. Fel canlyniad, yr oedd yr olynwyr hyn at ei gilydd yn anabl i wrthsefyll dau ddrwgddylanwad: esiampl anfuddiol rhyddiaith Saesneg (mewn oes o Seisgarwch llethol) ar y naill law, ac effaith andwyol damcaniaethau ieithyddol William Owen Pughe ar y llaw arall.

50

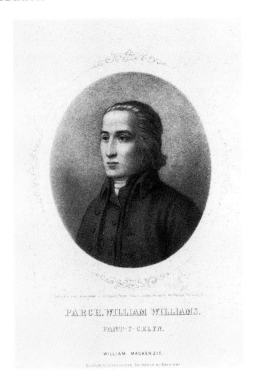

49. WILLIAM WILLIAMS, PANTYCELYN,
   1717-1791
   i. Bras-ddarlun a dynnodd John Williams,
      Llanddarog ar sail ei gof am William
      Williams yn hen ŵr.
   ii. Pan gyhoeddodd Gwasg Mackenzie gyfrol
      fawr o Holl Weithiau Pantycelyn yn 1867
      gwnaeth arlunydd proffesiynol fersiwn mwy
      prydweddol o'r llun yn dangos gŵr cymharol
      ifanc. Dyma'r 'wyneb pryd' yn soned
      R. Williams Parry.

50. THOMAS JONES O DDINBYCH, 1756-1820

51. ROBERT JONES, RHOS-LAN, 1745-1829

Er cyhoeddi swm enfawr o ryddiaith Gymraeg mewn llyfrau a chylchgronau a phapurau newydd rhwng 1820 ac 1880, y mae blas dieithr a braidd yn rhodresgar ar lawer iawn ohoni, hyd yn oed yng ngwaith awdur mor ddysgedig a chynhyrchiol â Lewis Edwards, Prifathro Coleg y Bala, a gychwynnodd *Y Traethodydd* yn 1845 er mwyn ehangu ffiniau meddwl y Cymry—a llwyddo'n ddigamsyniol yn ei amcan. Ym mhregethau Lewis Edwards a godwyd o law-fer, ar y llaw arall, y mae'n traethu'n gryno a naturiol iawn. Fe allai'r bregeth fod wedi tyfu'n ffurf lenyddol bwysig yng Nghymru'r ganrif ddiwethaf, ac yn wir fe gyhoeddwyd cannoedd lawer o bregethau, naill ai'n gyfrolau neu mewn cofian-nau a chylchgronau, ond yn anffodus fe olygwyd y mwyafrif llethol ohonynt cyn eu cyhoeddi, a'u trosi i Gymraeg 'swyddogol' y cyfnod! Dramatig a darluniadol oedd arddull pregethwyr mawr dechrau'r ganrif megis Christmas Evans, John Elias (Cymreigiwr nodedig o dda), William Williams o'r Wern a John Jones o

52. JOHN ELIAS YN PREGETHU
Darlun dychmygol o ddiwedd y ganrif ddiwethaf.

Dal-y-sarn—ac Edward Matthews o Ewenni yn ddiweddarach; yn nwylo pregethwyr fel John Roberts (Ieuaf) o Lanbryn-mair a William Thomas 'Islwyn', a than ddylanwad rhamantiaeth canol y ganrif, fe droes y dull dramatig yn ddull 'barddonol', er afles yn hytrach na lles. Mwy tawel ac ymresymiadol oedd arddull pregethwyr fel David Charles o Gaerfyrddin a Henry Rees o Lerpwl (yn enwedig fel yr heneiddiai). Ffurf lenyddol Fethodistaidd arall oedd y cofiant, y dylanwadwyd arno (heblaw am gynseiliau Saesneg megis gweithiau John Bunyan) gan *Dri wŷr o Sodom* Pantycelyn a *Hanes bywyd a marwolaeth y Parchedig Mr. Fafasor Powell,* cyfieithiad o'r Saesneg gan Ddafydd Rhisiart (1772). Yr oedd tair prif ffurf i'r cofiant: yr hunangofiant syml, megis *Rhad ras* John Thomas o Raeadr Gwy (1810); yr hunangofiant ynghyd ag atodiad cofiannol yn disgrifio marwolaeth y 'gwrthrych' a'i bortreadu fel dyn, Cristion a phregethwr; a'r cofiant syml, a ymrannai'n aml yn hanes bywyd a marwolaeth y gwrthrych ac yna bortread ohono fel dyn, Cristion a phregethwr. Unffurf yw llawer o'r cofiannau hyn ac y maent yn gorddelfrydu eu gwrthrychau'n anfaddeuol; y gorau o ddigon ohonynt yw'r rhai nad ydynt yn cydymffurfio â'r patrwm, megis *Hanes bywyd Siencyn Penhydd* Edward Matthews, stori 'cymeriad' o Gynghorwr Methodistaidd cynnar, ac yn arbennig *Gofiant John Jones Tal-y-sarn* Owen Thomas o Lerpwl (1874), gwaith ysgolhaig mawr sy'n gallu dweud ei feddwl yn glir er gwaethaf arddull aruthr ei gyfnod. Dywedwyd lawer tro mai'r cofiant oedd tad y nofel Gymraeg. Bid a fo am hynny, cofiannau dychmygol gyda neges grefyddol neu foesol oedd llawer—er nad y cwbl o bell ffordd—o'r nofelau Cymraeg cynharaf, megis *Aelwyd f'ewythr Robert,* cyfaddasiad William Rees 'Gwilym Hiraethog' o *Uncle Tom's Cabin* (1853) (a *Helyntion bywyd hen deiliwr* yr un awdur a ymddangosodd bedair blynedd ar hugain yn ddiweddarach); *Llewelyn Parri a Jeffrey Jarman,* nofelau dirwestol Lewis William Lewis 'Llew Llwyfo' a Gruffydd Rhisiart (1855); *Dafydd Llwyd,* nofel hanesyddol gan y storïwr dawnus Owen Wynne Jones 'Glasynys' (1857); a'r *Tri brawd* gan Roger Edwards o'r Wyddgrug (1869). Roger Edwards a gychwynnodd Daniel Owen ar ei yrfa fel nofelydd o ddifrif, a chyn diwedd ein cyfnod yr oedd ef wedi dechrau cyhoeddi'r gweithiau hynny a oedd i drawsnewid statws a rhagolygon y nofel Gymraeg.

53. EDWARD MATTHEWS, EWENNI, 1818-1892

54. AELWYD F'EWYTHR ROBERT
Teitl cyfaddasiad Gwilym Hiraethog o stori Americanaidd enwog *Uncle Tom's Cabin* am gaethwasiaeth a
wnaeth ei rhan i boblogeiddio ffuglen neu nofel yn Gymraeg.

55. NOSON YN Y BLACK LION
Darlun o un o nofelau dirwestol y 19
ganrif yn dangos gŵr ifanc dan ddylanwad
diod yn lluchio potel at ei dad. Straeon yn
llawn digwyddiadau fel hyn am beryglon
diodydd meddwol oedd amryw o'r
nofelau cynnar Cymraeg.

BARDDONIAETH

Traddodiad barddol sylfaenol y Gymraeg yw hwnnw a gychwynnwyd gan Daliesin ac Aneirin yn yr Hen Ogledd ddiwedd y chweched ganrif a dechrau'r seithfed, ac a oedd â mawl brenhinoedd yn brif ddiben iddo: olrhain y traddodiad hwn fu rhan fawr o stori'r gyfrol gyntaf yn y gyfres. Traddodiad proffesiynol ydoedd, ac yn ystod dwy ganrif olaf yr Oesoedd Canol fe fabwysiadwyd ganddo'r cywydd deuair hirion—gyda chynghanedd gyflawn, wrth reswm—yn brif gyfrwng mawl, er na lwyr anghofiwyd yr awdl ychwaith. Yr oedd y traddodiad hwn yn fyw ac yn ffynnu ar ddechrau'n cyfnod ni, ac fe barhaodd i fyw am dros ganrif wedi hynny. Wedi Eisteddfod Gyntaf Caerwys yn 1523, a marwolaeth y tri phencerdd mawr Tudur Aled a Lewis Môn ac Iorwerth Fynglwyd yn 1526-7,

56. EISTEDDFOD CAERWYS 1567
   Copi yn un o lawysgrifau Peniarth yn enwi'r boneddigion a awdurdodwyd 'wrth rym comisiwn Gras y Frenhines' i roi trefn ar y beirdd a'r cerddorion yng Nghaerwys yn 1567.

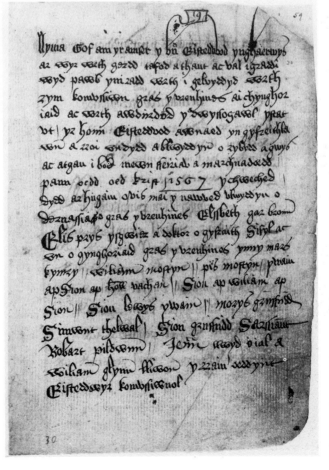

Lewis Morgannwg oedd ffigur amlycaf y gyfundrefn farddol, gyda Siôn Brwynog yn ail iddo yn y Gogledd: y mae'n amlwg fod Lewis yn cael ei swcro i roi llais i bolisïau'r Goron yn ystod ail chwarter cythryblus y ganrif. Olynydd Lewis oedd Gruffudd Hiraethog, y pennaf o'r athrawon barddol, a disgyblion Gruffudd a enillodd y prif raddau yn Ail Eisteddfod Caerwys 1567, ac a gynhaliodd y traddodiad mawl yn y Gogledd (yn fwyaf arbennig) hyd flynyddoedd cynnar yr ail ganrif ar bymtheg; ymhlith yr amlycaf ohonynt yr oedd Wiliam Llŷn, Simwnt Fychan, Siôn Tudur, Wiliam Cynwal a Siôn Phylip. Yn eu tro daeth disgyblion y rhain i ysgwyddo'r baich hyd ganol y ganrif: Rhys Cain a Siôn ei fab, Rhisiart Phylip a'i frawd Gruffydd (meibion i Siôn Phylip), Rhisiart Cynwal a Huw Machno. Ymhell cyn y Rhyfel Cartref, fodd bynnag, yr oedd arwyddion fod rhyw *malaise* wedi ymaflyd yn y beirdd proffesiynol: llaciodd eu gafael yn eu crefft (yn enwedig yn y De), llesgaodd eu dychymyg, treiodd eu hunan-hyder. Clywir cwynion aml ganddynt fod y gwŷr bonheddig yn atal eu nawdd, er bod cynnyrch y gyfundrefn drwy gydol deugain mlynedd cyntaf y ganrif yn parhau'n bur doreithiog. Gyda'r Rhyfel Cartref a'r ddaeargryn gymdeithasol a'i dilynodd, pan dlodwyd yr hen deuluoedd nawdd a dyrchafu teuluoedd newydd gyda delfrydau gwahanol, fe gafodd y gyfundrefn y fath ergyd fel na allodd ymadfer: gellir dweud mai Gruffydd Phylip, a fu farw 1666,

57. TELYN ARIAN CAERWYS
Un o'r tlysau yn Eisteddfod 1567.

58. BEDD SIÔN PHYLIP YN LLANDANWG, GER HARLECH
   Siôn Phylip o Ardudwy oedd un o'r beirdd a raddiodd yng Nghaerwys yn 1567. Boddwyd ef yn 1620
   wrth groesi'n ôl adref o Bwllheli ar ôl bod ar daith glera. Diweddarach yw'r arysgrif.

oedd yr olaf o'r hen feirdd. Fe barhaodd canu mawl i foneddigion ar gywydd ac
awdl hyd y ganrif ddiwethaf yng Nghymru, yn achlysurol ac mewn rhai
ardaloedd, ond gwaith i amaturiaid fyddai bellach. Tua 1650, fel y dywedwyd
yn gofiadwy, fe ddarfu am gerdd Taliesin ar ôl bod yn ein tir am fil o flynydd-
oedd. Eto nid cwbl annheilwng cenedlaethau olaf y beirdd proffesiynol o'r
mawredd gynt a fu: fe ganodd Wiliam Llŷn rai cywyddau ac awdlau marwnad
a ddeil eu cymharu â goreuon y Ganrif Fawr, ac y mae i Siôn Tudur a Siôn
Phylip hwythau eu rhinweddau amlwg.

Un ffactor a gyfrannodd tuag at ddiffyg hunan-hyder y beirdd, ac efallai hefyd
at duedd rhai gwŷr bonheddig i atal eu nawdd, oedd ymosodiadau'r dyneidd-
wyr. Er bod y dyneiddwyr, fel y dywedwyd, yn llwyr gredu fod y beirdd yn
ddisgynyddion urdd ddysgedig y Derwyddon, nid oedd ganddynt fawr o feddwl
o gynrychiolwyr cyfoes yr urdd. Gwelent sawl diffyg ar y beirdd: yr oeddynt yn
gelwyddog, yn canu gweniaith a ffugio achau am dâl; yn ddi-ddysg, yn byw ar
gibau dysg draddodiadol (a Phabyddol) yr Oesoedd Canol yn hytrach nag ar
fara maethlon Dyneiddiaeth yr ysgolion gramadeg a'r prifysgolion; yn canu'n
anghrefftus (neu o leiaf yn undonog) gan na wyddent rethreg; ac yn waeth na'r
cwbl, yn cadw gwybodaeth am eu crefft yn gyfrinach yn hytrach na'i
'chyffredino' i'r byd, fel y gallai fod yn ddifyrrwch amser hamdden y pendefig-
ion diwylliedig ffasiwn newydd. Yn ymryson barddol enwog Edmwnd Prys a
Wiliam Cynwal, 1580-7, ac yn y Llythyr Agored at feirdd a dysgedigion Cymru
gan Siôn Dafydd Rhys, 1597, fe anogwyd y beirdd i ymwrthod â gweniaith a

chanu dysg—hynny yw, mydryddu ysgolheictod y prifysgolion, gan gynnwys gwyddoniaeth (yr oedd canu gwyddonol yn ffasiynol ymhlith dyneiddwyr y cyfnod, yn enwedig yn Ffrainc). Lluniodd William Salesbury a Henry Perry lawlyfrau rhethreg ar gyfer y beirdd ac eraill, a chyhoeddwyd eiddo Perry yn 1595. Ceisiodd Gruffydd Robert yn 1584-94, Siôn Dafydd Rhys yn 1592, a Wiliam Midleton (ar raddfa lawer llai) yn 1593 ddisgrifio celfyddyd y beirdd mewn llyfrau cyhoeddedig. Eithr prin fu'r ymateb, fel y dengys diglemrwydd Cynwal wrth wynebu Prys yn yr ymryson. Y mae'n wir fod nodau dyneiddiol ar rai o weithgareddau Gruffudd Hiraethog a Siôn Tudur, a bod Siôn Phylip a Huw Machno yn lletach eu gorwelion na'r rhan fwyaf o'u cymheiriaid, ond at ei gilydd rhyw rygnu ymlaen yn yr hen rigolau a wnaeth y beirdd. Er bod lle i gredu fod William Salesbury wedi ceisio meithrin Simwnt Fychan fel math o fardd-ddyneiddiwr, sylw Simwnt ar lawlyfr rhethreg Salesbury oedd 'y ffugrs ... a dynnwyd o'r Lladin ac o'r Groeg, nid anghenraid i ni wrthynt'. Ond efallai wedi'r cwbl mai greddf y beirdd oedd ddiogelaf. Onid oedd mawl yn bwnc addasach i farddoniaeth na ''nifeiliaid, naw o filoedd'? A faint o'r gwŷr bonheddig a fyddai'n fodlon talu i fardd am gerdd faith ddysgedig ar ryw bwnc gwyddonol, neu hyd yn oed am elegeia yn null Ronsard? Trueni na allesid bod wedi cymhwyso'r syniadau newydd o Ewrop mewn dull mwy derbyniol i'r beirdd, oherwydd yr oedd mawr angen syniadau newydd arnynt.

Nid damcaniaethu ynglŷn â barddoniaeth yn unig a wnâi'r dyneiddwyr. Yr oedd rhai ohonynt yn feirdd eu hunain: gwelsom i Edmwnd Prys fentro i'r maes yn erbyn un o raddedigion Ail Eisteddfod Caerwys, ac yr oedd Gruffydd Robert a Wiliam Midleton yn ymarfer â cherdd dafod yn ogystal â'i disgrifio, a hefyd yn arloeswyr ym maes cyhoeddi eu barddoniaeth eu hunain. Tan ddylanwad anogaeth ac esiampl y dyneiddwyr, fe gododd to o wŷr bonheddig a chlerigwyr a oedd hefyd yn feirdd yn y mesurau caeth—'y beirdd a ganai ar eu bwyd eu hun', fel y gelwid hwy. Enghraifft gynnar o'r rhywogaeth oedd Gruffydd ab Ieuan o Lanelwy, ac fe'i dilynwyd gan wŷr megis Thomas Prys o Blasiolyn a Huw Roberts, curad Aberffro. Fe dueddai'r beirdd hyn i osgoi canu mawl a marwnad, onid i gyfeillion (ac yn eu canu mawl tueddent i osgoi mydryddu achau fel y gwnâi'r beirdd proffesiynol, hyd syrffed yn aml), ond fe ganent lawer o gerddi serch a chrefydd; ar brydiau hefyd fe geid cerddi ganddynt ar bynciau y tu allan i *répertoire* arferol y beirdd proffesiynol, megis helyntion y byd ac arferion dinesig. At ei gilydd, fodd bynnag, ychydig o newydd-deb a gafwyd ganddynt—yr oedd gafael y traddodiad caeth yn rhy gryf a'i ofynion yn rhy llym—ac Edmwnd Prys yw'r unig fardd yn eu plith sydd â nodau mawredd arno.

Ochr yn ochr â'r canu caeth yn yr unfed ganrif ar bymtheg, boed hwnnw'n gynnyrch beirdd proffesiynol neu feirdd *amateur,* fe ymddangosodd math 'newydd' o ganu, y canu rhydd. Ar y cychwyn fe genid hwn hefyd ar fesurau traddodiadol—megis y gyhydedd hir, yr awdl-gywydd, yr englyn cyrch, y cywydd deuair fyrion a'r traethodl—eithr â llinellau braidd yn afreolaidd o ran hyd ac yn ddigynghanedd. Y mae'n sicr i'r canu hwn gydfodoli â'r canu caeth ers canrifoedd, eithr gan ei fod yn gynnyrch haen is o feirdd na'r penceirddiaid ni farnwyd ei fod yn werth ei gadw mewn llawysgrifau. Efallai mai un esboniad

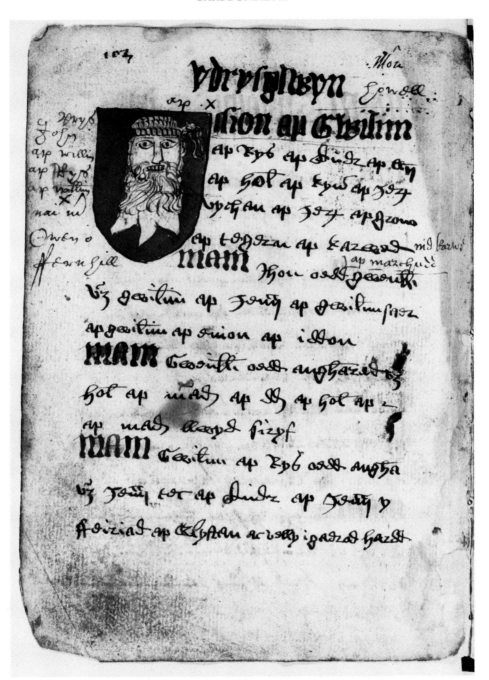

59. ACH AC ARFBAIS YN LLAW WILLIAM LLŶN
   Yr oedd cadw achau boneddigion yn rhan o waith y beirdd proffesiynol.

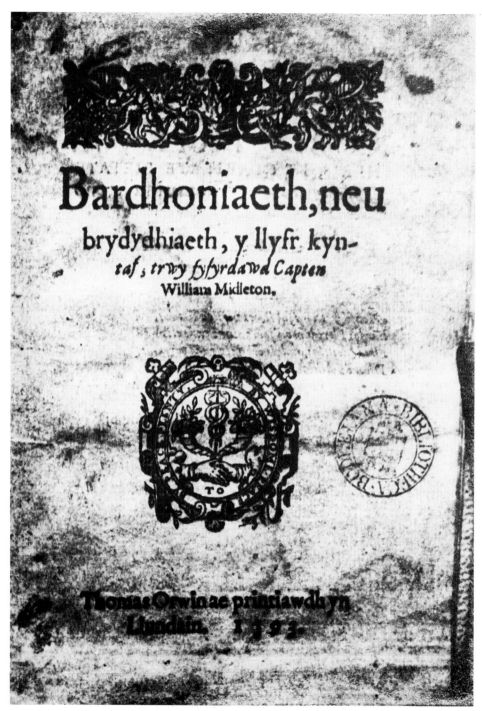

60. BARDHONIAETH NEU BRYDYDHIAETH, 1593
    Llyfr gan Wiliam Midleton yn ceisio egluro celfyddyd barddoniaeth Gymraeg. Cadw eu crefft yn gyfrinach oedd arfer y beirdd proffesiynol.

61. EDMWND PRYS, 1543/4-1623
Darlun, dychmygol o bosibl, a gafodd T. R.
Roberts 'Asaph' o Lyfrgell Rydd Caerdydd a'i
gyhoeddi yn ei gofiant i Edmwnd Prys, 1899.

ar y bri newydd a ddaeth arno yn yr unfed ganrif ar bymtheg yw ei fod wedi ei
briodi â cheinciau poblogaidd Seisnig, ac fe all hynny egluro hefyd pam y daeth
acennu rheolaidd yn nodwedd gyffredin arno mor fuan. Ymhlith y beirdd a
ganai arno y mae disgynyddion olaf y beirdd isradd neu'r clerwyr, megis Robin
Clidro o Ruthun a Thomas ab Ieuan ap Rhys o Landudwg; ond bychan oedd
nifer y rhain o'u cymharu â'r mân wŷr bonheddig a'r clerigwyr (ac ambell
grefftwr) a ddefnyddiai'r mesurau rhyddion er diddanu a hyfforddi—yr un
rhai'n aml ag a ganai gerddi caeth 'ar eu bwyd eu hun'. Dangoswyd yn eglur fod
cryn ddylanwad Saesneg ar lawer o'r canu hwn, a bod rhai mathau ohono'n
deillio'n uniongyrchol o'r Saesneg; yn wir y mae ambell gerdd Gymraeg nad
yw'n ddim namyn trosiad o'r Saesneg. Mawl, dychan, proffwydoliaeth (o
ddifrif ac fel arall), digwyddiadau cyfoes—dyna rai o'r pynciau y cenid arnynt;
ond y testunau mwyaf poblogaidd o ddigon oedd serch a chrefydd. Rhisiart
Huws o Lanbedrog oedd meistr y gerdd serch, er nad yr unig feistr o bell ffordd.
Un rheswm am boblogrwydd y gerdd rydd grefyddol yw iddi gael ei defnyddio
gan offeiriaid a lleygwyr defosiynol i hyfforddi'r bobl annysgedig, er enghraifft
gan gwndidwyr Morgannwg yn yr unfed ganrif ar bymtheg a halsingwyr De
Ceredigion ganrif a mwy'n ddiweddarach; ond ni allai neb gystadlu â Rhys
Prichard, Ficer Llanymddyfri, fel pencampwr y math hwn o ganu. Math arall
o gerdd grefyddol oedd y salm ar fydr, a flodeuodd ym mhob gwlad Brotestan-
naidd yn Ewrop yn ystod yr unfed ganrif ar bymtheg: wedi sawl cynnig seithug
gan feirdd caeth a rhydd, Edmwnd Prys a lwyddodd i roi'r Salmau ar gân yn y
Gymraeg a'u cyhoeddi gyda'r Llyfr Gweddi yn 1621. Er gwaethaf afreoleidd-
dra eu mydr, gellid dweud mai hwy—ynghyd â cherddi o natur debyg gan
Forgan Llwyd—yw coron y canu rhydd cynnar. Ond fe berthyn i'r canu hwn

62. HEN DŶ'R FICER YN LLANYMDDYFRI
Cartref y Ficer Prichard, 1579-1644, awdur penillion syml poblogaidd, i ddysgu'r werin am grefydd, a gasglwyd ynghyd dan y teitl *Canwyll y Cymru*.

amryw ogoniannau, yn enwedig ryw ysgafnder soniarus sy'n beth newydd yn y Gymraeg, na chawsant eu hiawnbrisio o bell ffordd hyd yma.

Tua chanol yr ail ganrif ar bymtheg fe ddisodlwyd y canu rhydd cynnar hwn gan fath arall o ganu rhydd, y gellir ei alw'n ganu rhydd diweddar neu'n ganu carolaidd (yr ail o'r termau hyn a fabwysiedir yma). Nod angen y canu hwn oedd cymryd cainc gerddorol—Seisnig gan amlaf—a llunio geiriau i ffitio'r gainc; yn fuan hefyd aethpwyd ati i gynganeddu'r geiriau, fel ped ymdeimlid â rhyw angen cudd i wneud iawn am dranc y canu caeth proffesiynol tua'r un adeg. Yn anorfod gyda mesurau mor gymhleth, prif nod y bardd oedd cynhyrchu seiniau hyfryd i gydasio â'r gerddoriaeth, yn hytrach na thraethu synnwyr. Ceir enghraifft gynnar o'r dull gan Edmwnd Prys (bu farw 1623), 'Baled Gymraeg ar fesur *About the bank of Helicon*', ac y mae hon wedi'i chynganeddu'n gyflawn. Eithr gwir sefydlwyr y canu cywrain a phersain hwn oedd Edward Morris, porthmon o Gerrigydrudion, a Huw Morus, ffermwr o Lansilin. Er eu bod yn dal i ganu cywyddau ac awdlau mawl i wŷr bonheddig, cerddi yn y dull newydd oedd y rhan fwyaf o lawer o'u cynnyrch, a phrin y bu fyth wedyn y fath feistri ar y dull, yn enwedig Huw Morus yn ei gerddi serch. Fe'u dilynwyd gan lu mawr o feirdd gwlad—crefftwyr a thyddynwyr gan mwyaf—drwy gydol y ddeunawfed ganrif a hanner cyntaf y ganrif ddiwethaf; ac

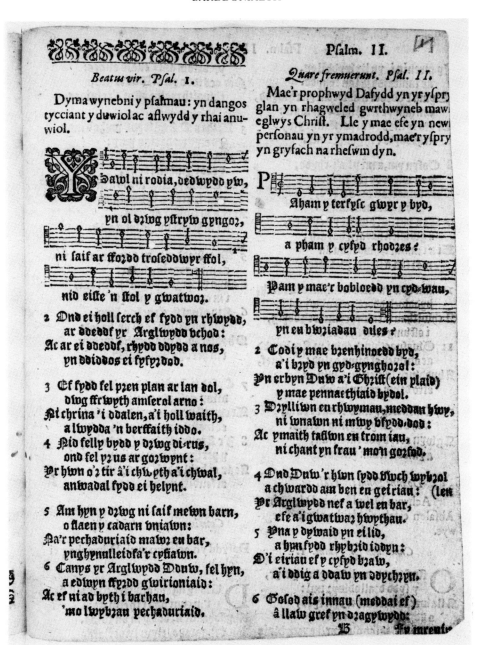

63. SALMAU CÂN 1621
Fersiwn Edmwnd Prys o Salm 1 fel yr ymddangosodd yn Llyfr Gweddi Gyffredin 1621.

64. PONTYMEIBION, GLYN CEIRIOG
   Cartref y bardd Huw Morus, 1622-1709.

fel Jonathan Hughes o Langollen, un o'r enwocaf ohonynt, o Ogledd-ddwyrain
Cymru y deuai llawer o'r beirdd hyn. Hwy oedd awdwyr y baledi, y cerddi
poblogaidd yn ymdrin â helyntion cyfoes neu serch neu grefydd a genid yn y
ffeiriau a'u gwerthu'n bamffledi bychain wedyn. (Symleiddiwyd mydryddiaeth
y baledi yn ystod y ganrif ddiwethaf dan ddylanwad yr emynau a'r canu
cyngherddol, ond ni ddarfu am eu poblogrwydd hyd yn ddiweddar yn y ganrif,
ac ni bu farw'r baledwr olaf hyd yn gynnar yn y ganrif hon.) Y beirdd hyn hefyd
oedd awdwyr y carolau plygain, cerddi'n dweud am yr Ymgnawdoliad a genid
yn yr eglwysi adeg Nadolig, a'r carolau haf, a adroddai hanes dyfod yr haf a
dymuno hawddfyd i'r brenin ac i Eglwys Loegr. Rhyngddynt cynyrchasant
swm enfawr o brydyddiaeth nad ydys eto wedi mynd i'r afael ag ef yn drwyadl,
heb sôn am ei bwyso a'i fesur.

   Nid canu gwerin mo'r canu rhydd cynnar na'r canu carolaidd. Yn wir,
ychydig o ganu gwerin yn ystyr fanwl y term sydd i'w gael yn y Gymraeg, a'r
rhan fwyaf ohono'n gysylltiedig ag arferion gwyliol, yn enwedig Gŵyl Fair, pan
eid o gwmpas y tai i ofyn am ddiod. Y mae'n amheus a ellir galw'r 'penillion
telyn' neu'r 'hen benillion' yn ganu gwerin, er na wyddys bellach pwy a'u
canodd. Y tebyg yw mai *débris* cerddi rhydd cynnar ydynt ond eu bod wedi eu
mabwysiadu gan y bobl gyffredin (os goddefir yr ymadrodd) ac efallai
ychwanegu atynt gan brydyddion lleol o bryd i'w gilydd. Os hynny fu eu hanes,
y maent yn deyrnged eithriadol i chwaeth y bobl gyffredin, gan fod ynddynt yn
aml fynegi profiadau oesol—llon a lleddf—yn lân a chynnil ryfeddol. Nid

65. ABEL JONES, Y BARDD CRWST,
1830-1901
Yr olaf o'r baledwyr mawr a fyddai'n crwydro'r
wlad yn canu a gwerthu baledi mewn ffeiriau.

66. LEWIS MORRIS, 1701-1765
Yn ogystal â bod yn fardd a llenor ac ysgolhaig,
yr oedd Lewis Morris yn wneuthurwr mapiau
hefyd a dyna pam y mae cwmpas mesur yn ei
law a glob o'i flaen yn y llun.

rhyfedd i rai o feirdd gorau'r ddeunawfed ganrif fynd ati i'w dynwared, yn enwedig Lewis Morris.

Fel y cofir, yr oedd Lewis Morris yn un o'r tri brawd o Fôn (Rhisiart a Wiliam oedd y ddau arall) a ymddisgleiriai yn ffurfafen lenyddol Cymru tua chanol y ddeunawfed ganrif. O'u cwmpas fe ymgrynhodd nifer o feirdd ac ysgolheigion eraill: Goronwy Owen o Lanfair Mathafarn, Evan Evans 'Ieuan Fardd' o Ledrod, Edward Richard o Ystrad Meurig, William Wynn o Langynhafal. Dyma gylch y Morrisiaid, fel y'u gelwir. Newydd-glasurwyr oeddynt, yn gyfarwydd nid yn unig â'r awduron clasurol ond hefyd â beirniaid newydd-glasurol megis Boileau a'r Sais John Dennis. Ond fe fynasant hefyd adfeddiannu hen gelfyddyd y canu caeth a ollyngasid heibio i raddau gan y beirdd gwlad 'carolaidd'. Y cyfuniad hwn o hen gelfyddyd a syniadau beirniadol newydd sy'n rhoi arbenigrwydd i'w gwaith. Er i Lewis Morris, Ieuan Fardd ac Edward Richard—a Rhys Jones o Lanfachreth hefyd, y gellir ei gyfrif yn aelod anrhydeddus o'r cwmni—ganu rhai cerddi pur nodedig, Goronwy Owen yn ddiamau oedd prifardd y cylch. Am ychydig flynyddoedd yn unig y bu'n canu, cyn cael ei orfodi gan dlodi a diddarbodrwydd i ymfudo i Virginia; ond perthynai i'w waith lendid a nerth mynegiant arbennig, a phan ieuid hwnnw â theimlad dwfn, megis yn Awdl Farwnad ei ferch Elin ac Ail Gywydd Ateb Huw Huws 'y Bardd Coch' (lle y cafodd fynegi ei hiraeth am Fôn), fe ganodd gerddi sy'n haeddu llawer o'r clod a gawsant. Ond drwg fu ei ddylanwad ar ei olynwyr. Gadawodd

67. BEDD GORONWY OWEN YN VIRGINIA
 Ymfudodd Goronwy Owen i Virginia yn 1757 yn 34 oed. Bu farw yno yn 1769 ac fe'i claddwyd ar ei blanhigfa ger Dolphin, i'r gogledd o dref Lawrenceville. Planwyd clwmp o goed i nodi'r fan.

yn waddol yn ei lythyrau freuddwyd am ganu cerdd epig Filtonaidd yn y Gymraeg, ynghyd ag amheuaeth ynglŷn ag addasrwydd yr un o'r pedwar mesur ar hugain (a'r gynghanedd) i fod yn gyfrwng i gerdd o'r fath. Gellir dehongli hanes yr eisteddfod yn y ganrif diwethaf i raddau pell fel ymgais i sylweddoli breuddwyd Goronwy.

Fel hyn y bu. Drwy gydol y ddeunawfed ganrif fe fu'r beirdd a'r datgeiniaid gwlad yn cyfarfod yn achlysurol mewn tafarnau i ymarfer ag englyna byrfyfyr a chanu gyda'r tannau. Yn 1789 fe fabwysiadwyd yr eisteddfod dafarn gan gymdeithas Gwyneddigion Llundain, a oedd yn gyfarwydd iawn â llythyrau Goronwy Owen. Uchelgais y Gwyneddigion i weld cyfansoddi *heroic ode,* onid epig, yn y Gymraeg a barodd iddynt osod yr awdl (ar nifer cyfyngedig o'r pedwar mesur ar hugain ond heb unrhyw drefn arbennig ar y mesurau) yn brif gystadleuaeth yn eu heisteddfodau. Dilynwyd eu hesiampl yn hyn o beth gan yr eisteddfodau taleithiol rhwysgfawr a drefnwyd gan gylch dylanwadol o offeiriaid llengar rhwng 1819 ac 1834 (yn y gyntaf o'r rhain, yng Nghaerfyrddin yn 1819, y cafodd yr hen Iolo Morganwg weld uno ei greadigaeth dderwyddol, Gorsedd Beirdd Ynys Prydain, am y tro cyntaf â'r eisteddfod). Yr un fu hanes y lliaws eisteddfodau llai a gynhaliwyd dan nawdd y Cymdeithasau Cymreigyddol (ac eraill) a flodeuodd ar hyd a lled Cymru wedi 1820: tebyg mai Cymreigyddion y Fenni oedd yr enwocaf o'r rhain. Aeth cystadlu mewn eisteddfodau'n obsesiwn

Rhybydd.

BID hyfpys y bydd Eiefddfod o'r Prydyddion a chantorion Cymreig yw thynal yn y Bull yn Dre'r Bala, Ddydd llun a Dydd Mawrth y Sulgwyn yn y flwydd-yn 1760. iw chadw yn ol y rheol a'r drefn y cadwyd 'r Eifteddfod gynt Ynghaerwys, yn amfer y *Frenhines Elizabeth*; Ac y bydd yno yn'r unlle Barchedig, Athraw o'r Gelfyddyd, i reddi Barn, yn ol haeddiant perchenog y ddawn Anrhydeddus honno.

68. CYHOEDDI EISTEDDFOD Y BALA 1760
Cyhoeddiad syml mewn Almanac yn gwahodd beirdd gwlad a cherddorion i un o eisteddfodau tafarn y 18 ganrif.

69. EISTEDDFOD Y BALA 1789
Y fedal a enillodd Gwallter Mechain am ei awdl fuddugol yn Eisteddfod y Bala ym Medi 1789—y tro cyntaf i wobr gael ei chynnig am awdl.

ar lawer bardd yn ystod y ganrif ddiwethaf, ac yn wir dangoswyd y gallai ennill cadair eisteddfod fod hefyd yn foddion i godi gweithiwr o'r pwll neu o'r maes i goleg ac i bulpud. Ond ar waethaf yr holl gystadlu, cyndyn iawn fu'r gerdd arwrol fawr i ymddangos, ac y mae llawer o awdlau eisteddfodol beirdd enwog yn eu dydd, megis David Thomas 'Dafydd Ddu Eryri' a David Owen 'Dewi Wyn o Eifion', yn ddiflastod go lwyr i'w darllen erbyn hyn—er y dywedwn i fod y Du'n llawer amgenach bardd na'r Gwyn, heblaw bod yn athro beirdd o fri. Y

SPORTING INTELLIGENCE.

LLANGOLLEN AUTUMN MEETING, 1858.

Betio yn Ngwrecsam dydd Iau.

Ychydig o fusnes wnaed heddyw. Am gwpan Llangollen yr oedd y galw. Ambris yn dal ei dir yn barhaus. 2 to 1 a 3 to 7 oedd ei brisiau ef. Gwalchmai a Sweet Richard 800 to 5 (dwbl ffawd).

Clywsom enwau Ar Jay Derfel, ebol ieuange allan o Hades; Salmainllwyd, allan o Affectation; Creu, allan o Wynt; Glan Alun, allan o Odl; a Chrynswth allan o Bob Rheswm, fel meirch a fyddant oll yn cydredeg ac yn cydenill yr "*Areithyddiaeth Handy gab*," ond nid ydym yn deall fod nemawr fetiadau wedi cymeryd lle ar yr Handicap ardderchog hon. Cynghorem ein cyfeillion i roi yn helaeth ar *goreu ei gab.*

Rome-Cymry-Brennus Stakes. £20 a bathodyn arian o *Eryr Rhufeinig.* Y ffafret penaf yw Iarwerth, Ceiliog, a Cywen Glyndwr. Sonir weithiau am Olchi Mul, neu Rwbio un yn Wyn; ond ni ddymunem ni ar un cyfrif son am yr olaf. Y mae gwell gobaith am Rwbio un yn Ddu. Modd bynag, gellir holi Ysgrifenydd Mygedol yr Oriel ar y pwngc.

Arwest Hurdi Gurdi Race. £10 *subscriptions.* Ras fulod fydd hon; ac yr ydym yn lled hyderus, os na chymer rhyw anhap le wrth redeg, yr enillir hi yn rhwydd gan Talhaiarn.

M.

70. Y CLWY CYSTADLU

Y *Punch Cymraeg* yn cael hwyl am ben gorawydd beirdd i gystadlu trwy sôn am Eisteddfod Llangollen 1858 fel petai'n rasus ceffylau. Ambris, y ffefryn, yw'r bardd William Ambrose a fynnai ei fod wedi cael cam yn Eisteddfod Aberffraw 1849.

pethau gorau a gynhyrchwyd oedd ambell awdl ddisgrifiadol lanwaith megis 'Dinistr Jerusalem' Ebenezer Thomas 'Eben Fardd', a gadeiriwyd yn y Trallwng yn 1824, a'r 'Greadigaeth' gan William Ambrose 'Emrys', y dylesid bod wedi'i chadeirio yn Aberffro yn 1849. Gellir dweud mai'r tu allan i gylch yr eisteddfod y cynhyrchwyd barddoniaeth gaeth orau diwedd y ddeunawfed ganrif a hanner cyntaf y ganrif ddiwethaf: prin, gwaetha'r modd, y gellid cynnwys 'Cywydd y Drindod' hirfaith ac uchelgeisiol David Richards 'Dafydd Ionawr' yn y dosbarth hwn, ond rhaid fyddai cynnwys rhai o gywyddau ffug Iolo Morganwg ac englynion dilychwin Robert Williams 'Robert ap Gwilym Ddu'—yn wir, fe gynhyrchwyd cryn doreth o englynion da drwy gydol y ganrif.

Eithr cyn 1789, hyd yn oed, ac yn sicr drwy gydol hanner cyntaf y ganrif ddiwethaf, yr oedd rhai beirniaid yn cyfranogi o amheuon Goronwy Owen nad oedd y pedwar mesur ar hugain a'r gynghanedd yn gyfryngau addas ar gyfer cerdd arwrol. Yn Eisteddfod Rhuddlan yn 1850 fe gynigiwyd y Gadair naill ai am awdl neu am bryddest ar destun 'Yr Atgyfodiad', ac fe'i henillwyd gan bryddest Evan Evans 'Ieuan Glan Geirionydd'. Eithr ym mhryddest Eben Fardd, a ddyfarnwyd yn drydedd yn yr un gystadleuaeth, y gwelir gyntaf wir ymdrech i ganu epig Filtonaidd yn y Gymraeg. Methiant adfydus fu'r ymdrech, ond wedi 1850 fe roddwyd lle anrhydeddus i'r bryddest a'r arwrgerdd yng nghystadlaethau'r eisteddfod, gan gynnwys yr Eisteddfodau Cenedlaethol cynharaf a gynhaliwyd rhwng 1861 a 1868 (ac o 1880 ymlaen), yn dilyn ffiasgo ogoneddus Eisteddfod Fawr Llangollen yn 1858. 'Iesu' John Robert Pryse 'Golyddan' oedd yr orau o'r arwrgerddi Miltonaidd eisteddfodol er na wobrwywyd hi; gwannaidd iawn oedd y gweddill. Ni ellir, ysywaeth, ddwed yn well am 'Emanuel' Gwilym Hiraethog, a gyhoeddwyd yn ddwy gyfrol yn 1862 ac 1867,

71. ROBERT AP GWILYM DDU, 1766-1850
Portread olew gan William Roose, Amlwch a
baentiwyd ychydig cyn marw'r bardd ar gais rhai o
Gymry Llundain.

73. EBEN FARDD, 1802-1863
Am ei wddf mae'r fedal a enillodd yn Eisteddfod
y Trallwng 1824 am awdl 'Dinystr Jerusalem'.

72. EISTEDDFOD RHUDDLAN 1850
Llun cyfoes o'r *Illustrated London News*.

er nad ar gyfer unrhyw eisteddfod y lluniwyd hi. Nid ar gyfer eisteddfod ychwaith y lluniwyd pryddest fwyaf eithriadol ail hanner y ganrif, sef 'Storm' Islwyn, a ddisgrifiwyd fel arwrgerdd a'r enaid yn arwr iddi. Canwyd hon—ac y mae dau fersiwn arni—yn ystod y blynyddoedd 1852-4 wedi i Islwyn golli ei gariad Ann Bowen pan oedd ar fin ei phriodi. Ynddi ceisia resymoli ei brofiad chwerw yng ngoleuni ei ffydd Gristnogol a'r athroniaeth drosgynnol a gawsai o'r Almaen. Credai fod barddoniaeth—ymdaro'r dychymyg â realiti—yn foddion i dreiddio drwy gysgodion ffenomâu at y sylweddau tragwyddol. Er mor anwastad a chymysglyd yw, y mae rhywbeth aruthrol ym marddoniaeth Islwyn yn y 'Storm', yn enwedig y fersiwn cyntaf arni. Gellir yn hawdd ddeall, heb gytuno, sut y gallod beirniad o braffter anghyffredin ei alw, ar ei orau, yn fardd mwyaf Cymru.

Peryclach ymgeisydd am y teitl hwnnw yw William Williams o Bantycelyn, prif emynydd y Methodistiaid. Cyhoeddodd wyth casgliad o emynau rhwng 1744 a 1787, gan gynnwys *Caniadau y rhai sydd ar y môr o wydr* (1762), *Ffarwel weledig* (1763-9) a *Gloria in Excelsis* (1771-2); pwysig hefyd yw ei ddwy gerdd hir, *Golwg ar deyrnas Crist* (1756) a *Bywyd a marwolaeth Theomemphus* (1764), y naill yn ymdrin ag ymwneud Duw â'r greadigaeth (ac yn cynnwys crynodeb o'r wybodaeth wyddonol ddiweddaraf), a'r llall ag ymwneud Duw â'r enaid unigol. Ar gyfer ei gymdeithas ei hun—pobl y seiadau Methodistaidd—y canai Williams, ac y mae llawer o'i waith yn bedestraidd a di-raen; ond yn aml hefyd fe'i codir gan angerdd ei brofiad i dir uchel iawn, a holl elfennau ei grefft—ei ddelwedd-

74. ISLWYN, 1832-1878

aeth Feiblaidd a'i fydryddiaeth fenthyg (o Loegr gan amlaf)—yn gweini'n berffaith ar ei weledigaeth. O'i gwmpas ac ar ei ôl fe dyfodd ysgol o emynwyr na allant gystadlu ag ef o ran swm ei gynnyrch, ond sydd ar brydiau'n canu emynau a ddeil eu cymharu â'i oreuon ef. Yn eu plith yr oedd Morgan Rhys o Gil-y-cwm, Dafydd Wiliam o Lanedi, Thomas Wiliam o Fethesda'r Fro, Peter Jones 'Pedr Fardd' o Ddolbenmaen a Lerpwl ac yn fwyaf arbennig Ann Griffiths o Lanfihangel-yng-Ngwynfa: dengys ei llythyrau hi yr un canfyddiad ysbrydol, dwyster teimlad a mynegiant delweddol wedi'i seilio ar y Beibl ag a welir yn ei hemynau. Williams a'i ddisgyblion a ganodd farddoniaeth orau Cymru yn y cyfnod 1750-1850, ac a barodd fod i'r emyn le mor arbennig yn hanes ein llen-yddiaeth, o'i chymharu â llenyddiaeth llawer gwlad arall.

75. YR EFAIL FACH, CIL-Y-CWM, GER LLANYMDDYFRI
Cartref yr emynydd Morgan Rhys, 1716-1779.

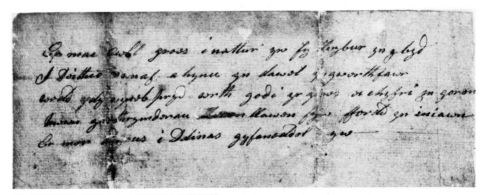

76. PENNILL YN LLAW ANN GRIFFITHS
Y pennill 'Er mai cwbl groes i natur' yn llawysgrif Ann Griffiths.

77. IEUAN GLAN GEIRIONYDD, 1795-1855

78. TALHAIARN, 1810-1869
Portread olew gan William Roose, Amlwch.

79. CEIRIOG YN CANU'R DELYN, 1884
Cyfansoddai Ceiriog eiriau ei delynegion
ar gyfer alawon Cymreig. Yn y llun mae'n
canu'r delyn i John Williams, Eos Môn,
datgeiniad o Lannerch-y-medd.

Yr oedd yr emyn yn un dylanwad ar y delyneg Gymraeg, a ymddangosodd gyntaf yn nauddegau'r ganrif ddiwethaf yng ngwaith y ddau offeiriad Ieuan Glan Geirionydd a John Blackwell 'Alun'. Dylanwadau eraill oedd yr 'hen benillion', y caneuon gwerinol a oedd yn dechrau cael eu casglu (lluniodd Iolo Morganwg rai cyfaddasiadau hyfryd iawn o'r rhain), a hefyd delynegion gan feirdd eilradd Saesneg a gylchredai mewn cylchgronau megis y *Gentleman's Magazine*, ac mewn papurau newydd. Wedi'r cychwyn ansicr hwn fe ddatblygodd y delyneg, neu'n hytrach y gân gyngerdd, yn ffurf lenyddol dra phoblogaidd erbyn canol y ganrif. Canwyd cannoedd lawer o ganeuon ar bynciau megis serch, gwladgarwch, gogoniannau natur ac yn arbennig rinweddau'r bywyd bugeiliol gan lu mawr o feirdd, a John Jones 'Talhaiarn' a John Ceiriog Hughes yn amlwg yn eu mysg. Er i'r ddau hyn gael patrymau parod yng ngweithiau Robert Burns a Thomas Moore, yr oedd iddynt hefyd eu hathrylith eu hun— athrylith amharedig mae'n wir—fel y dengys 'Tal ar ben Bodran' Talhaiarn ac ambell delyneg ac emyn gan Geiriog. O'r 'Fugeilgan Delynegol' *Alun Mabon* (1862) y daw dwy o delynegion enwocaf Ceiriog, sef 'Y Gwcw' ac 'Aros a Myned', ond o'r gyfrol *Oriau'r hwyr* (1860) y daw 'Nant y mynydd', a alwodd Robert Williams Parry, nid heb achos, yn 'delyneg berffeithiaf barddoniaeth Gymraeg'.

DRAMA

Yn niffyg prifddinas a theatr broffesiynol ni ellid disgwyl i'r ddrama flodeuo yng Nghymru'r Dadeni fel yn Lloegr neu Sbaen, a syndod pleserus yw dod ar draws y ddrama fydryddol ddienw 'Troelus a Chresyd' yn un o lawysgrifau John Jones o'r Gellilyfdy (copïwyd hi *c.* 1614-22). Awgrymwyd yn ddiweddar mai Humphrey Lhwyd a'i sgrifennodd yn chwedegau'r unfed ganrif ar bymtheg a'r tebyg yw mai ar gyfer ei pherfformio mewn plas gŵr bonheddig y lluniwyd hi. Cerddi Chaucer a Henryson yn adrodd stori Troelus yw ei phrif ffynonellau, ac fe'u cyfunwyd yn fedrus gan y Cymro ac ychwanegu ambell olygfa a chyffyrddiad o'r eiddo'i hun. Mesurau rhyddion odledig a ddefnyddiwyd, gyda chryn amrywiaeth yn hyd y llinellau a phatrwm yr acenion: nid caethiwus o gwbl yr amodau mydryddol felly. Er ei bod fel drama braidd yn statig, eto fe berthyn iddi urddas arbennig, ac y mae'n drueni o'r mwyaf na chafwyd rhagor o'i bath.

'Er pallu rhai o'r tai teg', chwedl Gruffudd Hiraethog, fe barhaodd croeso i'r ddrama ymhlith y bobl gyffredin. Eu ffurf hwy arni oedd yr anterliwt, sydd o leiaf mor hen â'r ail ganrif ar bymtheg ac yn ôl pob tebyg yn hŷn. Ond y ddeunawfed ganrif yw cyfnod ei blodeuo mawr, pan berfformid yr aterliwtiau ar fuarth fferm neu gwrt tafarn, gan godi ceiniog y pen am fynediad a gwerthu'r

80. CHWARAE ANTERLIWT
Darlun gan David Vickebooms o chwarae anterliwt ar y cyfandir tua 1600.

arlwy yn bamffledi chwecheiniog wedi'r perfformiad. Megis y baledwyr—yr un bobl yn aml—i Ogledd-ddwyrain Cymru y perthynai'r rhan fwyaf o'r anterliwtwyr. Y mae dros ddeugain o anterliwtiau ar gael, tua'u hanner wedi'u printio, a'r gweddill o hyd mewn llawysgrif. Yn draddodiadol y mae dau ddeunydd i'r anterliwt: deunydd storïol wedi'i dynnu o'r Beibl neu lyfrau hanes neu chwedlau poblogaidd; a deunydd yn sôn am Gybydd yn priodi, yn cael ei ysbeilio o'i gyfoeth ac yn marw. Y mae cymeriad y Ffŵl yn gyffredin i'r ddau ddeunydd, er ei bod yn amlwg fod iddo berthynas arbennig o agos â'r Cybydd. Heblaw dweud y stori fe geir yn yr anterliwtiau gryn dipyn o ganu a dawnsio. Fe geid ynddynt yn wreiddiol hefyd gryn dipyn o anlladrwydd, ac nid syn o gwbl i'r Methodistiaid droi yn eu herbyn. O tua chanol y ddeunawfed ganrif, fodd bynnag, fe ffrwynir yr elfen hon, fel y gwelir yn eglur yng ngwaith Elis Roberts 'Y Cowper' o Landdoged: er nad Methodist mohono, y mae ei anterliwtiau diweddar yn llawn cynghorion moesol a phregethu. Nid da mo hyn gan y mwyaf oll o'r anterliwtwyr, Thomas Edwards 'Twm o'r Nant' o Lannefydd, a chyflwyno'i fyfyrodau ar natur cymdeithas a wna ef yn ei anterliwtiau diweddar: athroniaeth gymdeithasol glasurol a cheidwadol sydd ganddo, ac fe'i cyfuna â sylwadaeth graff a dychan miniog. Ond yr oedd Twm o'r Nant yn tueddu at y Methodistiaid ac fe geir yn ei anterliwtiau ef nid yn unig feistrolaeth fawr ar bob agwedd ar grefft yr anterliwtiwr—cân, ymddiddan, cwlwm neu blot, cymeriadaeth hyd yr oedd hynny'n bosibl—ond hefyd ymwybod dwys â dimensiwn ysbrydol bywyd: hyn sy'n rhoi iddynt eu harbenigrwydd. Yn ei anterliwtiau olaf, *Pleser a Gofid* a *Tri Chryfion Byd*, y mae'n gomedd gadael i'r Cybydd farw am nad yw Cybydd-dod yn marw—a dyna ddryllio ffrâm draddodiadol yr anterliwt. Tybed nad drwy Twm o'r Nant, yr artist mwyaf a fu ynglŷn â'r ffurf erioed, y lladdodd y Methodistiaid yr anterliwt, yn hytrach na thrwy eu pregethau?

81. TWM O'R NANT, 1738-1810
Portread a baentiwyd yn 1810 ar gais W. Alexander Maddocks, y diwydiannwr a gododd dref Tremadog a rhan fawr o Borthmadog.

75

DIWEDDGLO

O edrych yn ôl dros lenyddiaeth y cyfnod 1530-1880, pa argraffiadau cyffredinol a adewir? At ei gilydd rhaid cyfaddef mai siomedig fu'r cynnyrch o'i gymharu â godidowgrwydd llawer o'r llenyddiaeth a gynhyrchwyd yn y tair neu'r pedair canrif cyn 1530. Ysigwyd bywyd Cymru ar ddechrau'r cyfnod, a symudwyd craidd disgyrchiant y genedl y tu allan i'w ffiniau hi ei hun. Llundain fyddai prifddinas wleidyddol ac eglwysig Cymru o hyn allan, a chyn diwedd y cyfnod ei phrifddinas economaidd hefyd: 'Yn Llundain mae enw llawnder', chwedl Twm o'r Nant. Yno yr oedd y llys brenhinol, y senedd, y prif lysoedd cyfraith, yr arian mawr—ac yr oedd y ddwy brifysgol o fewn taith diwrnod ar gefn ceffyl. Canlyniad hyn oll oedd graddol Seisnigo'r dosbarth uchelwrol, a oedd yn draddodiadol wedi cynnal barddoniaeth (a rhyddiaith) Gymraeg. A chanlyniad hynny fu gwerineiddio'n llenyddiaeth—peth a allai ddwyn ennill mawr dros dro, mae'n wir—a llacio gafael cynyddol ar y traddodiad, yn enwedig yn ystod y ganrif ddiwethaf. Ni ellir llenyddiaeth fawr ond lle y bo tri pheth yn cyd-ddigwydd: athrylith unigol, parodrwydd i arbrofi a derbyn dylanwadau o'r tu allan, a gafael sicr ar draddodiad. I raddau mwy neu lai fe amharwyd ar bob llenor Cymraeg o ail hanner y ddeunawfed ganrif ymlaen gan anwybodaeth o'r traddodiad. Oni bai am yr anwybodaeth hon, ni allesid bod wedi rhoi'r fath groeso i au athrawiaethau Pughe a Iolo Morganwg, na chyfarch fel campweithiau gymaint o gynhyrchion gwacsaw'r eisteddfodau. Ar waethaf ei amgylchedd diwylliannol, ac nid yn rhinwedd yr amgylchedd hwnnw, y llwyddodd ambell athrylith o lenor unigol yn ystod canrif olaf ein cyfnod i gynhyrchu gwaith o werth arhosol.

Ac eto gellir gorbwysleisio'r diffygion. Cyn i'r dirywiad gerdded yn rhy bell, fe ganwyd rhai cerddi caeth pur wych a rhai cerddi rhydd o swyn arbennig; ac fe luniwyd traddodiad rhyddiaith cyhyrog a barhaodd yn ei rym am dros ddwy ganrif. Mwy na hynny, fel yr âi'r cyfnod rhagddo, fe welir y dosbarth canol newydd, ac yna'r werin Fethodistaidd (ddiwydiannol a gwledig) yn troi'n noddwyr dysg a llên yn lle'r boneddigion a gollwyd, ac yn wir yn ymdrechu i gymryd i'w dwylo holl awenau'r bywyd Cymreig. Prin fod pennod fwy godidog yn holl hanes y Cymry nag ymdrech y werin honno yn ystod y ganrif ddiwethaf—pa mor gymysg bynnag ei chymhellion a pha mor siomedig bynnag yn aml ei chyflawniadau—i ennill i'r genedl y sefydliadau a oedd yn angenrheidiol i'w bywyd. Yn araf bach fe gywirwyd y diffyg ymwybod â thraddodiad a fu'n gymaint o fwrn ar lenyddiaeth y ganrif, a rhaid cydnabod fod i'r colegau prifysgol newydd ran bwysig yn y broses hon, er y gellir yn hawdd orbwysleisio'r rhan honno. Erbyn diwedd ein cyfnod yr oedd nodyn newydd o hyder i'w ganfod, nad oedd i gyd mor ddi-sail â'r optimistiaeth flonegog a darddai o ysbryd yr oes, y *Zeitgeist* bondigrybwyll. Yn 1880 yr oedd Emrys ap Iwan yn naw ar hugain oed, O. M. Edwards yn ddwy ar hugain, Elfed yn ugain a John Morris-Jones yn un ar bymtheg.

Be' sy'n aros, pa gyfoeth
Wedi helbulon ein hynt?

Ysgolheictod John Davies ac Edward Lhuyd. Y Beibl a gweithiau rhyddiaith Morgan Llwyd, Charles Edwards, Ellis Wynne ac efallai William Williams. Rhai o'r 'hen benillion', emynau Williams ac Ann Griffiths, ac efallai beth o farddoniaeth gynnar Islwyn. Rhai o anterliwtiau Twm o'r Nant. Fe ddywedwn i fod i'r gweithiau hyn oll fawredd digamsyniol. Ond beth am Wiliam Llŷn, am Edmwnd Prys, am Huw Morus, am Jeremi Owen, am Theophilus Evans, am Forgan Rhys, am Robert ap Gwilym Ddu, am Geiriog hyd yn oed? A fûm i'n annheg â hwy drwy beidio â'u cynnwys yn yr un rhestr aruchel? Fe ellid yn sicr lunio dadl gref dros eu cynnwys, a sawl un arall hefyd. Y mae'n ymddangos na fu'n tair canrif a hanner ni mor ddiffrwyth â hynny wedi'r cwbl.

CYDNABYDDIADAU DIOLCHGAR YNGLŶN Â'R LLUNIAU

Llyfrgell Genedlaethol Cymru: 1, 12, 16, 18, 19, 21, 22, 25, 26, 27, 28, 29, 31, 32, 33, 34, 35, 36, 37, 38, 39, 42, 43, 44, 45, 48, 49, 50, 51, 52, 53, 54, 56, 57, 59, 60, 61, 62, 63, 64, 65, 68, 69, 70, 71, 72, 74, 76, 77, 78, 79, 81

Cofiadur Tŷ'r Arglwyddi: 2, 4

Amgueddfa Genedlaethol Cymru: 3, 30, 66

Cyngor y Celfyddydau: 5, 20, 58

Musée du Louvre, Paris: 6

Llyfrgell Bodleian, Rhydychen: 7

Oriel Walker, Lerpwl: 8

Oriel Dinas Manceinion: 9

Casgliad Mansell: 10, 14

Bibliothéque Publique et Universitaire, Genèva: 11

Amgueddfa Werin Cymru: 13

Y Llyfrgell Brydeinig: 15, 23, 41, 46

Yr Amgueddfa Wyddoniaeth: Hawlfraint y Goron: 17

Llyfrgell Lluniau Mary Evans: 24

Lluniau Bro, Boncath: 40, 47

Gwasanaeth Archifau Gwynedd: 73

Cymdeithas Hanes y Methodistiaid Calfinaidd: 75

Herzog Anton Ulrich—Museum, Braunschweig: 80